BRITANNICUS

Du même auteur
dans la même collection

ANDROMAQUE (édition avec dossier).
BAJAZET.
BÉRÉNICE (édition avec dossier).
BRITANNICUS.
IPHIGÉNIE (édition avec dossier).
PHÈDRE (édition avec dossier).
LES PLAIDEURS (édition avec dossier).
THÉÂTRE I : LA THÉBAÏDE. ALEXANDRE LE GRAND. ANDROMAQUE. LES PLAIDEURS. BRITANNICUS. BÉRÉNICE.
THÉÂTRE II : BAJAZET. MITHRIDATE. IPHIGÉNIE. PHÈDRE. ESTHER. ATHALIE.

RACINE

BRITANNICUS

Édition de
Jacques MOREL

GF Flammarion

ISBN : 978-2-0813-8771-3

INTERVIEW

« **François Taillandier,** pourquoi aimez-vous *Britannicus* ? »

Parce que la littérature d'aujourd'hui se nourrit de celle d'hier, la GF a interrogé des écrivains contemporains sur leur « classique » préféré. À travers l'évocation intime de leurs souvenirs et de leur expérience de lecture, ils nous font partager leur amour des lettres, et nous laissent entrevoir ce que la littérature leur a apporté. Ce qu'elle peut apporter à chacun de nous, au quotidien.

François Taillandier est romancier et essayiste, auteur notamment de la suite romanesque La Grande Intrigue *(Stock, 5 volumes) et de* La Langue française au défi *(Flammarion). Il a accepté de nous parler de* Britannicus *de Racine, et nous l'en remercions.*

Quand avez-vous découvert cette pièce pour la première fois ? Racontez-nous les circonstances de cette découverte.

C'est très banal : la pièce était au programme de la seconde. L'année précédente, nous avions déjà étudié *Andromaque.* On en expliquait des scènes en classe, et on devait aussi en apprendre des extraits par cœur. À l'époque (vers 1970), dans mon école de prêtres en province, Racine était quasiment sanctifié à côté de Corneille et Molière. C'était le classique par excellence, personne ne se demandait si ça nous intéressait ou nous « concernait » d'une manière ou d'une autre. Pour ma part, je m'y intéressais réellement.

Votre coup de foudre a-t-il eu lieu dès le début ou après ?

Difficile à dire… Ce n'était pas un texte d'un accès aisé. Beaucoup d'élèves ne voyaient là que des grandes phrases pompeuses et compliquées. J'éprouvais aussi cette difficulté, mais je faisais l'effort de la surmonter. J'étais fasciné, justement, par le langage de Racine, sa solennité, sa rigueur. Les personnages de Racine parlent une langue qui n'est pas la nôtre, même si c'est bel et bien du français… J'aimais la précision de ces alexandrins alignés au cordeau, impeccablement « balancés » : « L'impatient Néron cesse de se contraindre ; / Las de se faire aimer, il veut se faire craindre » (attention : bien prononcer *impati-ent*, sinon le rythme est faux…). C'était comme d'admirer un champion des agrès ou de la barre fixe, quand soi-même on parvient à peine à soulever ses fesses !

Relisez-vous ce livre parfois ? À quelle occasion ?

Je ne passe guère une année sans relire une pièce de Racine – celle-là ou une autre. Toujours avec le même plaisir et le même intérêt, pour les mêmes raisons. Dans le théâtre de Racine, tout est fondé sur la parole et l'expression. Les règles de la tragédie classique interdisent qu'il y ait « de l'action » sur scène. Ce qui importe est ce que les personnages ressentent, et la façon dont ils le formulent et nous transmettent leurs émotions. Racine travaille comme un mécanicien : il isole un par un tous les sentiments, toutes les motivations de ses personnages, et il les leur fait exprimer, au moment voulu, dans le déroulement de l'intrigue. Tout est dit une fois, rien qu'une fois, de façon précise. Cette parole contrôlée, mûrement pesée, soumise à la cadence régulière des alexandrins et des rimes, souligne par contraste toute la violence et tout le désordre des passions. Racine est celui qui a le plus rapproché l'expression littéraire d'une science exacte !

Est-ce que cette pièce a marqué vos livres ou votre vie ?

Beaucoup. En 1992, j'ai écrit un roman intitulé *Les Nuits Racine.* Cela se passe pendant un festival de théâtre au cours duquel on joue plusieurs de ses pièces. Les personnages de mon roman (un metteur en scène, une journaliste, un vieux professeur…) y sont confrontés ou comparés aux personnages raciniens. Qu'y a-t-il de semblable ou de différent dans leurs désirs, leurs bonheurs ou leurs échecs ? Que signifie le tragique ? Et ça fonctionne : le théâtre de Racine « explique » très bien mes personnages modernes. Racine est un immense psychologue. Il montre comment nous sommes prisonniers de nos affects, comment nous nous mentons parfois à nous-mêmes… Il devine l'inconscient. Il n'a pas connu Freud, mais il a pressenti tout ce qu'il y a d'obscur en nous. Voyez comment Agrippine, mère de Néron, considère que, pour elle, Junie serait « une rivale ». Voyez Néron avouant sa jouissance quand il voit Junie, à peine habillée, en larmes, traînée par des soldats en pleine nuit…

Quelles sont vos scènes préférées ?

Toutes ! Je veux dire par là qu'il n'y a dans une pièce comme celle-là rien d'inutile ou de secondaire. Chaque scène fait progresser l'intrigue vers son dénouement. En ce sens, Racine est aussi un formidable professeur de scénario. Prenons un exemple. D'après Tacite, dont il s'est inspiré, Néron avait deux conseillers ou « précepteurs » : Sénèque et Burrhus. Or Sénèque n'apparaît pas dans la pièce. Pourquoi ? Parce que les deux rôles se répéteraient plus ou moins l'un l'autre. Il faudrait les faire apparaître tous deux autour de l'empereur, cela compliquerait tout et ralentirait l'action. Racine imagine donc que Sénèque est « retenu loin de Rome », ce qui lui permet de simplifier. C'est comme ça qu'on obtient un scénario « efficace », concentré sur les enjeux essentiels. Que l'on fasse un film, une chanson, un tableau, c'est pareil : une œuvre d'art ne doit comporter que des éléments nécessaires. Sinon elle perd de la force. Cela dit, il y a bien sûr des moments particulièrement intenses, comme la scène 3 de l'acte II, lorsque Néron déclare à Junie son intention de l'épouser.

> « Et ne préférez point à la solide gloire
> Des honneurs dont César prétend vous revêtir
> La gloire d'un refus sujet au repentir. »

Les derniers mots sont une menace à peine dissimulée… alors qu'il vient de lui dire qu'il est amoureux d'elle ! Face à lui, le courage et la dignité de Junie sont magnifiques.

Y a-t-il selon vous des passages « ratés » ?

À l'époque, certains critiques ont trouvé que l'action traînait un peu au quatrième acte. On y voit Néron hésiter, intimidé par sa mère, ébranlé par les observations de Burrhus… Le personnage perd cette tension, cette énergie qui marque les personnages de tragédie. Cependant cette critique me paraît fausse : l'objet de Racine est justement de nous montrer un personnage incertain de lui-même, qui tente avec difficulté de s'affirmer – et qui n'y parviendra qu'en faisant le mal. On peut aussi trouver que le personnage de Britannicus n'a pas grand intérêt. Il est particulièrement naïf (acte I, scène 4) de ne pas deviner que Narcisse le trahit ! Même si Racine a donné son nom à la pièce, il est bien évident que ce n'est pas lui qui en est le centre.

Cette pièce reste-t-elle pour vous, par certains aspects, obscure ou mystérieuse ?

Il y a toujours dans les pièces de Racine quelque chose d'insondable. C'est pourquoi on peut toujours le relire. Il est le maître absolu de l'ambiguïté. Néron est-il « mauvais » par nature ? Non. Racine souligne qu'il a d'abord gouverné Rome avec beaucoup de bonne volonté et d'humanité. Il répugnait à condamner un homme à mort (acte IV, scène 3), ce qui, pour l'époque, est certainement exceptionnel. Seulement ce jeune empereur appliqué est secrètement tourmenté. Il n'a jamais eu le choix. On l'a fait empereur, on l'a marié, on lui a donné des conseillers… Il aspire à être lui-même. Son drame, c'est qu'il n'y parviendra que par l'injustice. Donc c'est, si l'on veut, le salaud de la pièce, mais ce salaud inspire quand même une sorte de compassion. Le théâtre est un tribunal où tout être humain a le droit d'être compris.

Quelle est pour vous la phrase ou la formule « culte » de cette œuvre ?

Ce vers : « Caché près de ces lieux, je vous verrai, Madame… » Néron contraint Junie à rompre avec Britannicus, sans qu'elle puisse lui expliquer ce qui se passe, ni lui témoigner son amour. Il surveillera leur conversation. Nul doute qu'il va prendre plaisir à les voir souffrir tous les deux. C'est de la torture morale. C'est d'une perversité absolue. En même temps, c'est la prémonition d'un pouvoir quasi totalitaire qui a les moyens de vous contrôler partout où vous êtes. Pensons à *1984* d'Orwell, et à la phrase célèbre : « Big Brother is watching you ! » La pièce pose la question du pouvoir et de ses abus. Dans plusieurs pièces de Racine, il y a cette image angoissante d'un palais clos, avec ses couloirs secrets… À noter d'ailleurs qu'Agrippine, dès le début de la pièce, a avoué la même ambition de pouvoir caché :

> « Lorsqu'il se reposait sur moi de tout l'État,
> Que mon ordre au palais assemblait le sénat,
> Et que derrière un voile, invisible et présente,
> J'étais de ce grand corps l'âme toute-puissante. »

Elle indique dans la même scène que ce qu'elle veut, c'est le pouvoir ; il lui importe peu que celui-ci soit exercé de façon morale, humaine, et conforme aux vœux du peuple romain. Cette question du pouvoir et de son exercice est capitale. Racine écrit cela alors que Louis XIV exerce depuis huit ans le pouvoir personnel, après la longue régence de sa mère. Le roi a alors trente et un ans, et Racine un an de plus. Les deux hommes se connaissent et s'admirent. Racine est le protégé du roi. Pourtant, l'air de rien, le poète tend un miroir au souverain, lui indique ce qu'est un bon ou un mauvais prince, le met en garde contre la tentation de la tyrannie. Ce qui n'empêchera nullement Louis XIV de défendre la pièce de Racine contre les critiques qui la contestent. Ni d'être parfois tyrannique, d'ailleurs…

Si vous deviez présenter ce livre à un adolescent d'aujourd'hui, que lui diriez-vous ?

Je lui dirais : ce dramaturge courtisan du temps de Louis XIV, ces empereurs et ces princesses de l'Antiquité, cette langue si éloignée de la vôtre, tout cela peut à première vue vous rebuter. Eh bien, c'est justement parce que c'est loin de vous que ça vaut la peine de faire le détour. On ne s'enrichit que de ce qui est différent… Même si vous ne voyez pas tout de suite ce que ça vous apporte.

*
* *

Avez-vous un personnage « fétiche » dans cette œuvre ? Qu'est-ce qui vous frappe, séduit (ou déplaît) chez lui ?

Un personnage intéressant de la pièce est Narcisse, qui trahit la confiance de Britannicus et flatte les mauvais penchants de l'empereur, par arrivisme personnel. Avec trois siècles d'avance, Racine a fait le portrait-robot du parfait collabo des régimes les plus odieux. Pour le reste, le personnage « fétiche », c'est Néron lui-même, pour les raisons que j'ai dites plus haut. C'est une personnalité écrasée par celle de sa mère (« Mon génie étonné tremble devant le sien », dit-il à la scène 2 de l'acte II). Et puis il ne parvient pas à être aimé pour lui-même : il est entouré de courtisans, il peut avoir toutes les femmes dont il a envie (il le dit lui-même, à l'acte II, scène 2…). Mais il souffre de voir que Junie aime sincèrement Britannicus, quoique celui-ci n'ait ni pouvoir ni fortune… Il a tout, il peut tout – sauf être aimé pour lui-même. C'est cette frustration qui le rend criminel.

Ce personnage commet-il selon vous des erreurs au cours de sa vie de personnage ?

Il ne fait pas d'erreur, il est une erreur ! Tout son destin est faussé. D'ailleurs tous les personnages de la pièce échouent : Agrippine et Burrhus ne réussissent pas à contrôler Néron. Britannicus et Junie ne parviennent pas à sauver leur amour (et Britannicus sa vie). Néron n'arrive pas à plaire à Junie.

Quel conseil lui donneriez-vous si vous le rencontriez ?

Je me vois mal donner des conseils à un empereur romain… Et moins encore à un personnage de tragédie. Le tragique de Racine, c'est la fatalité intérieure. On est entraîné par son caractère, par ses blessures, on n'y résiste pas. Il y a des confidents qui donnent de bons conseils ; ils ne sont pas écoutés ! C'est pessimiste, Racine. Il ne faut pas oublier son éducation janséniste : sa conviction profonde, c'est que l'être humain, sans l'aide de Dieu, ne peut aboutir qu'à l'échec et au mal.

Si vous deviez récrire l'histoire de ce personnage aujourd'hui, que lui arriverait-il ?

Bah… Peut-être serait-il l'héritier d'une énorme fortune boursière… Il aurait tout l'argent qu'il veut, il pourrait faire des fêtes énormes avec des centaines d'amis… Et tout cela le dégoûterait, parce qu'il aurait le sentiment qu'il n'a pas construit sa vie lui-même… « Des jours toujours à plaindre et toujours enviés… » Cela dit, pas besoin de récrire les œuvres. Celle-ci nous en dit suffisamment, à nous d'en ressentir les échos.

*

* *

Aimeriez-vous mettre en scène cette pièce? Comment l'interpréteriez-vous? (quelle ambiance? quels acteurs choisiriez-vous, et pourquoi?)

Je la ferais jouer de façon très sobre, très classique. Trop de metteurs en scène, aujourd'hui, surchargent les œuvres avec leurs propres intentions… Il faut jouer ça tel quel, au plus près du texte. Il me semble qu'Isabelle Huppert ferait une remarquable Agrippine : elle saurait se montrer dure, dominatrice, tout en laissant voir des failles, de la souffrance. Pour Néron, Benoît Magimel : juvénile, séduisant – mais capable de suggérer une personnalité déstructurée, donc dangereuse… C'est ça, un acteur : quelqu'un qui suggère. Cela étant, ce n'est pas à moi qu'il faut demander de mettre en scène. Mickaël Haneke, le cinéaste de *Funny Games*, de *Caché* et du *Ruban blanc*, serait à mon avis idéalement racinien.

*
* *

Le mot de la fin?

Racine fait partie des auteurs qui nous rendent plus intelligents.

INTRODUCTION

Britannicus a été représenté pour la première fois le 13 décembre 1669 à l'Hôtel de Bourgogne. La des Œillets, âgée d'une cinquantaine d'années, tenait le rôle d'Agrippine, Brécourt celui de Britannicus, La d'Ennebaut celui de Junie et Floridor celui de Néron. Dans *Artémise et Poliante*, Boursault a conté cette première et rappelé, non sans malveillance, les conditions malheureuses de son déroulement : présence boudeuse de Corneille, coïncidence du spectacle avec l'exécution en place de Grève du marquis de Courboyer (1670). Les premières critiques n'ont pas été favorables à Racine. Charles Robinet, dans sa *Lettre en vers à Madame* datée du 21 décembre, affecte d'admirer l'œuvre, en prétendant avoir écrit sur le même sujet une pièce bien supérieure, et insiste surtout sur la qualité des acteurs de l'Hôtel. Dans sa *Lettre* à M. de Lionne, Saint-Évremond se dit partagé entre l'estime que lui imposent des vers « magnifiques » et le regret de voir travailler un poète « sur un sujet qui ne peut souffrir une représentation agréable. En effet, l'idée de Narcisse, d'Agrippine et de Néron, l'idée, dis-je, si noire et si horrible qu'on se fait de leurs crimes, ne saurait s'effacer de la mémoire du spectateur ; et quelques efforts qu'il fasse pour se défaire de la pensée de leurs cruautés, l'horreur qu'il s'en forme détruit en quelque manière la pièce » (mars-avril 1670).

On ne sait si Racine connaissait *Le Couronnement de Poppée* de Monteverdi (1642). Il est certain, en revanche, qu'il avait lu, et peut-être vu, *La Mort de Sénèque* de Tristan L'Hermite (1644 ; impr. 1645). L'œuvre de Tristan se situe immédiatement après la mort d'Octavie (62 apr. J.-C.). Elle s'ouvre par un dialogue d'un étonnant cynisme entre Néron et Poppée, tous deux ravis de la mort de cette gêneuse. Burrhus est mort. Sénèque, selon Poppée, devrait subir le même sort. Suit une conversation entre l'empereur et Sénèque, où celui-ci, en bon stoïcien, dit son scrupule à recevoir tant de faveurs et de richesses des mains de son disciple Néron. Au deuxième acte, malgré la déception que lui causent les tristes changements de son élève, Sénèque se refuse à participer à la conjuration des Pisons. Il se dit en revanche séduit par une « secte nouvelle », la religion chrétienne (II, 4). Cependant, accusé par Poppée, il devra se donner la mort après avoir confessé son attachement au Christ. À la fin de la tragédie, Néron sombre dans une crise de fureur, comparable aux fureurs d'Hérode dans la *Mariane* (1637). Il attend du Ciel « quelque éclat de tonnerre » ; « Mais, ajoute-t-il, avant je perdrai la moitié de la terre » (V, 4).

En écrivant une tragédie à sujet romain, Racine s'engageait sur un terrain plusieurs fois foulé par son vieux rival Corneille. Le modèle des tragédies de la conjuration restait *Cinna*. Il est certain que la violence de Néron s'oppose ici à la clémence d'Auguste, comme le pressent Agrippine dès la première scène de la pièce :

> « Il commence, il est vrai, par où finit Auguste ;
> Mais crains que l'avenir détruisant le passé,
> Il ne finisse ainsi qu'Auguste a commencé. »
>
> (v. 32-34)

Surtout, Racine se souvient d'*Othon* (1664 ; publ. 1665). Le héros de Corneille est nommé par Agrippine :

> « Othon, Sénécion, jeunes voluptueux,
> Et de tous vos plaisirs flatteurs respectueux ».
>
> (v. 1205-1206)

Le sujet de *Britannicus* est évoqué par Corneille en un vers euphémique mais éloquent :

> « Néron n'épargna point le sang de son beau-frère. »
>
> (*Othon*, v. 238)

La même réplique, prononcée par le consul Vinius, évoque la mort d'Agrippa Posthumus, petit-fils d'Auguste. Dans *Britannicus*, c'est le grave Burrhus qui rappelle que Rome a reconnu jadis la validité de l'adoption de Tibère par Auguste :

> « Et le jeune Agrippa, de son sang descendu,
> Se vit exclu du rang vainement prétendu. »
>
> (v. 865-866)

L'essentiel n'est pourtant pas là. Excellent latiniste et historien, Racine avait lu Tacite et Suétone. Le livre XIII des *Annales* évoque l'amitié de Néron pour Othon et Sénécion, « tous deux jeunes et beaux », et l'amour qui l'unit à l'affranchie Acté. Il développe également les menaces d'Agrippine après la disgrâce du puissant affranchi Pallas : elle est prête à faire reconnaître Britannicus comme héritier légitime de Claude, contre Sénèque et Burrhus. L'empoisonnement de Britannicus est conté par Tacite dans des termes dont Racine s'est souvenu :

> « Un breuvage encore innocent, mais très chaud, est servi après essai à Britannicus ; puis, comme il le repoussait à cause de son extrême chaleur, on y verse avec de l'eau fraîche le poison qui se répandit dans tous ses membres avec une rapidité telle que la parole et la vie lui furent ravies à la fois. Le trouble s'empare de ses voisins de table ; les moins prudents s'enfuient ; mais ceux dont l'intelligence est plus profonde demeurent à leur place, immobiles et les yeux fixés sur Néron. Et lui, appuyé sur son lit et comme étranger à ce qui se passait, dit que le fait n'avait rien d'extraordinaire : c'était la conséquence du haut mal dont Britannicus était affligé dès sa première enfance. »
>
> (trad. Goelzer, Les Belles Lettres)

Il a lu également le récit de Suétone, dans la *Vie de Néron*, qui comporte quelques variantes par rapport à celui de Tacite, et qui surtout est beaucoup plus sobre. Racine a pu emprunter à Suétone le motif des essais préalables du poison en substituant un esclave au chevreau et au porc de l'historien latin. Chez Suétone, le chevreau survit et le porc meurt après une nouvelle « cuisson » du produit. Ici comme dans les *Annales*, il faut, pour éviter le soupçon et l'intervention de médecins, que le trépas soit immédiat. De fait,

> « Britannicus étant tombé aussitôt après l'avoir goûté, Néron dit aux convives que c'était une de ses crises habituelles d'épilepsie ; puis, le lendemain, il le fit ensevelir à la hâte et sans pompe, sous une pluie torrentielle. »
>
> (*Néron*, XXXIII)

Racine n'a inventé aucun personnage, mis à part Albine, la confidente d'Agrippine. Mais plusieurs d'entre eux ont été considérablement transformés. La Junie de l'histoire, haïe par Agrippine, et bannie par elle, rentre en grâce auprès de Néron après la mort de sa mère, et n'a donc pas le destin que lui prête Racine. Cette Junia Calvina est dite par Tacite « belle et provocante (*procax*) » (*Annales*, XII, 4). Dans sa *Préface*, le poète français commet un faux-sens probablement volontaire sur le texte de Tacite en traduisant *incustoditum amorem* (« amour qui ne se cache point ») : « Elle aimait tendrement son frère, "et leurs ennemis, dit Tacite, les accusèrent tous deux d'inceste, quoiqu'ils ne fussent coupables que d'un peu d'indiscrétion". » Mais il avoue aussitôt l'avoir présentée « plus retenue qu'elle n'était ». Il oublie encore que le même chapitre des *Annales* évoque un premier mariage de Junie avec un fils du censeur Vitellius, tout cela se passant sous le règne de Claude. Décidément Junie est bien un « personnage inventé », comme sont inventées ses amours avec Britannicus, et la passion de Néron pour elle. En 55, Néron a dix-huit ans et Britannicus quatorze. Racine leur donne à peu près le même âge : Britannicus est « un jeune prince de dix-sept ans ». Leur rivalité amoureuse devient dès lors vraisemblable, bien que l'histoire ne l'évoque point. En revanche, l'auteur de *Britannicus* est parfaitement fidèle à ses sources latines quand il fait rappeler par Burrhus la résistance de Néron à la condamnation d'un coupable. Sénèque, dans le *De clementia*, le rappelait à l'empereur :

« Je voudrais ignorer l'art d'écrire » (II, 1). La même formule est employée par Suétone (*Néron*, X, 4). Le respect du jeune Néron envers le sénat et à l'égard de sa mère est également présent chez Sénèque, chez Tacite et chez Suétone. Mais tous trois insistent sur sa jalousie envers son demi-frère Britannicus. Tacite particulièrement, au livre XIII des *Annales*, évoque la fête au cours de laquelle Britannicus entonne un chant insolent où le nouveau maître de Rome est indirectement accusé de l'avoir frustré de son pouvoir légitime ; alors que Néron pensait ridiculiser son demi-frère en le faisant chanter, c'est lui dont on se gausse :

> « Néron comprit qu'il s'était rendu odieux et sa haine en fut accrue ; d'ailleurs les menaces d'Agrippine s'imposaient à lui ; mais il n'y avait rien dont on pût faire un crime à Britannicus, et Néron n'osait pas ordonner publiquement le meurtre d'un frère ; il a donc recours à des menées secrètes et fait préparer du poison par le ministère de Pollio Julius, tribun d'une cohorte prétorienne, à qui était confiée la garde d'une nommée Locuste, condamnée pour empoisonnement et fameuse par le nombre de ses crimes. »
>
> (trad. Goelzer, Les Belles Lettres)

L'exil de Pallas, affranchi de Claude, est évoqué dans le même livre, ainsi que les menaces d'Agrippine reprises par Racine en III, 3 :

> « Elle ira avec Britannicus au camp, et plaise aux dieux qu'on entende d'un côté la fille de Germanicus et de l'autre Burrhus, un estropié, Sénèque, un banni, réclamer l'un avec sa main mutilée, l'autre avec sa langue de professeur, le gouvernement du genre humain. »
>
> (*ibid.*)

À ces sources avérées on peut joindre, avec la prudence nécessaire, le motif récurrent des amours des dieux, et particulièrement l'histoire de Daphné, telle que la conte Ovide au premier livre des *Métamorphoses*. Apollon poursuit en vain la fille du Pénée, qui lui échappe grâce à sa métamorphose en laurier. Junie peut apparaître comme une nouvelle Daphné, échappant à celui qui l'aime en se réfugiant chez les Vestales.

Britannicus est une tragédie à sept personnages, ce qui est peu. Si l'on met *Alexandre* à part (six personnages seulement), on peut dire qu'avec cette œuvre Racine inaugure une formule « économique » à laquelle il est demeuré fidèle : elle se retrouve dans *Bérénice*, *Bajazet* et *Mithridate*. Il n'y a renoncé que pour ses drames à sujet mythologique ou biblique : dix personnages dans *Iphigénie*, huit dans *Phèdre*, neuf dans *Esther* et onze dans *Athalie*. Il est probable que la sobriété dans la distribution lui ait paru mieux accordée à la sévérité de l'histoire, telle qu'il la concevait. Corneille, généralement plus prodigue en « acteurs », n'avait utilisé cette formule que pour *Rodogune* et *Attila*. Il devait la reprendre avec *Suréna*, la dernière et sans doute la plus « racinienne » de ses tragédies.

Avec ses 1 768 vers répartis en 33 scènes, *Britannicus* est la plus longue et la plus animée des tragédies de Racine à sujet romain. Plus de la moitié des scènes de la pièce ne font intervenir que deux personnages ; un seul monologue, et très court, celui de Burrhus en III, 2 ; trois scènes à quatre et dix scènes à trois personnages. Agrippine est présente dans quinze scènes, Néron, Burrhus et Narcisse apparaissent treize fois, Britannicus neuf fois seulement. La structure générale de la tragédie la fait apparaître comme un jeu d'alternance entre les actes où la mère mobilise l'intérêt, et ceux où Néron occupe la place principale : Agrippine domine les actes I et III, son fils les actes II et IV, en attendant le duel du dernier acte. Mais l'*acmé* de l'œuvre, c'est-à-dire le moment de la plus haute tension, se situe, comme il est fréquent, sinon constant, dans un poème dramatique, aux deux tiers de la tragédie, ici à la scène deux du quatrième acte ; Agrippine y rappelle tout ce qu'elle a fait pour un ingrat, et Néron, après une série d'insolents reproches, affecte de souscrire à tous les désirs de sa mère.

Évoquant Agrippine dans la seconde Préface, Racine écrit : « C'est elle que je me suis surtout efforcé de bien exprimer, et ma tragédie n'est pas moins la disgrâce d'Agrippine que la mort de Britannicus. » Le personnage est impressionnant. Néron la sait « implacable » (II, 2), Burrhus « redoutable » (III, 1), et Britannicus croit tellement en son pouvoir qu'il l'imagine capable d'opérer la réconciliation souhaitée entre Néron et lui (V, 1, v. 1511). Elle-même croit au « poids » de son « nom » (I, 2). Mais elle est consciente des menaces qui pèsent sur elle : dès la première scène, elle reconnaît auprès d'Albine qu'elle n'a plus qu'une « ombre » de pouvoir. Cependant elle tente jusqu'à la fin de se persuader de son influence sur Néron :

> « Il suffit. J'ai parlé, tout a changé de face. »
>
> (v. 1583)

Mais elle n'y parvient guère. Lucide, et douée d'une sorte de don de prophétie, elle prévoit, après la mort de Britannicus, que Burrhus et elle-même subiront le même sort, mais aussi que Néron devra se donner la mort (V, 6 et 7). Personnage plus agité que véritablement actif, Agrippine est surtout un être ambigu. Elle résume en elle les grandes passions tragiques : l'amour pour un fils ingrat, qui est aussi l'amour d'elle-même ; l'ambition, c'est-à-dire le désir de dominer à travers ce même fils ; la vengeance contre ce fils qui l'a écartée du pouvoir. Toutes passions également vaines, parce que également vouées à l'échec. La mère de Néron est l'un des personnages les plus complexes du théâtre de Racine. Ce serait même le seul en son genre, si, beaucoup plus tard, le poète n'avait créé celui d'Athalie.

Les deux Préfaces de *Britannicus* utilisent à propos de Néron l'expression « monstre naissant ». La seconde précise encore : « Il n'a pas encore tué sa mère, sa femme, ses gouverneurs ; mais il a en lui les semences de tous ces crimes. » Il a certes gardé quelque chose des grâces de la jeunesse : c'est Albine qui le rappelle dès la première scène, en évoquant son respect envers sa mère ; Agrippine, en I, 2, en parlant de sa soumission à Sénèque et à Burrhus ; et lui-même, en IV, 3, en acceptant, auprès du même Burrhus, une réconciliation avec Britannicus. Son amour pour Junie s'exprime parfois comme s'il s'agissait d'un amour tendresse ou d'un amour admiration : il est touché non seulement par sa beauté, mais également par sa « modestie » (II, 2). Être éloigné d'elle est pour lui une souffrance (III, 1). Mais ces « débuts » du jeune empereur sont marqués par l'ambiguïté : en témoignent les premières répliques d'Agrippine ; quand Albine lui prête les vertus d'« Auguste vieillissant », la veuve de Claude dit sa crainte de le voir « finir ainsi qu'Auguste a commencé » et retrouver l'exemple de Caligula, au départ « les délices » de Rome avant d'en être « l'horreur ».

Même ambiguïté dans les dialogues de Néron avec son âme damnée, Narcisse : il peut opposer à ses conseils pernicieux ses devoirs envers son épouse Octavie et sa mère mais aussi se conformer à ses conseils quand les arguments de l'affranchi se montrent convaincants (II, 2). Alors que Burrhus semble être parvenu à lui donner l'idée de la réconciliation avec son demi-frère, le même Narcisse parvient à l'en dissuader (IV, 4). Enfin, son amour pour Junie, d'abord présenté comme né d'un coup de foudre d'allure romanesque, apparaît vite comme jaloux désir de possession, masqué par de vaines promesses de gloire partagée (II, 3). Ces incertitudes cachent mal la monstruosité morale de Néron. Elle est toujours présente, sous-jacente ou directement exprimée. L'enlèvement de Junie « au milieu de la nuit » (I, 1), l'exil de Pallas (II, 1) et l'utilisation de Narcisse comme espion des amours de Britannicus la traduisent dès le début de la tragédie. Il se cache pour écouter le dialogue des jeunes amants (II, 4) : Junie le sait sans pouvoir le dire, source d'un malentendu pathétique entre elle et celui qu'elle aime. Après la mort de Britannicus, il feint l'innocence devant sa mère. Mais la fuite de Junie chez les vestales et l'assassinat de

Narcisse par le peuple l'entraînent à un « désespoir » proche de la folie qui rappelle les fureurs d'Hérode dans la *Mariane* de Tristan (V, 8).

Il y a un violent contraste entre les aspects juvéniles, et parfois émouvants, du personnage de Néron et la férocité de tempérament de l'homme, de l'amant et du despote qu'il est aussi. À sa façon, il est (ironiquement) conforme au héros de tragédie selon Aristote : ni trop bon, ni trop méchant.

Britannicus, comme beaucoup de tragédies du XVIe et du XVIIe siècle, peut s'interpréter comme une leçon adressée aux rois et à tous ceux qui détiennent quelque pouvoir. Sans confondre les vertueux sermons de Burrhus avec le message que Racine souhaitait transmettre, on est en droit d'y lire au moins un avertissement à un souverain encore jeune le mettant en garde contre les tentations que les amours, l'orgueil et les flatteurs pouvaient faire naître en lui.

Jacques MOREL.

BRITANNICUS

À Monseigneur le duc de Chevreuse[1]

MONSEIGNEUR,

Vous serez peut-être étonné de voir votre nom à la tête de cet ouvrage ; et si je vous avais demandé la permission de vous l'offrir, je doute si je l'aurais obtenue. Mais ce serait être en quelque sorte ingrat que de cacher plus longtemps au monde les bontés dont vous m'avez toujours honoré. Quelle apparence qu'un homme qui ne travaille que pour la gloire se puisse taire d'une protection aussi glorieuse que la vôtre ?

Non, Monseigneur, il m'est trop avantageux que l'on sache que mes amis mêmes ne vous sont pas indifférents, que vous prenez part à tous mes ouvrages, et que vous m'avez procuré l'honneur de lire celui-ci devant un homme dont toutes les heures sont précieuses. Vous fûtes témoin avec quelle pénétration d'esprit il jugea l'économie de la pièce, et combien l'idée qu'il s'est formée d'une excellente tragédie est au-delà de tout ce que j'ai pu concevoir.

Ne craignez pas, Monseigneur, que je m'engage plus avant, et que n'osant le louer en face, je m'adresse à vous pour le louer avec plus de liberté. Je sais qu'il serait dangereux de le fatiguer de ses louanges, et j'ose dire que cette même modestie, qui vous est commune avec lui, n'est pas un des moindres liens qui vous attachent l'un à l'autre.

---

1. Le duc de Chevreuse, né en 1646, a vingt-trois ans. Il est ancien élève de Port-Royal et gendre de Colbert, auquel Racine fait allusion au deuxième paragraphe de la dédicace.

La modération n'est qu'une vertu ordinaire quand elle ne se rencontre qu'avec des qualités ordinaires. Mais qu'avec toutes les qualités et du cœur et de l'esprit, qu'avec un jugement qui, ce semble, ne devrait être le fruit que de l'expérience de plusieurs années, qu'avec mille belles connaissances que vous ne sauriez cacher à vos amis particuliers, vous ayez encore cette sage retenue que tout le monde admire en vous, c'est sans doute une vertu rare en un siècle où l'on fait vanité des moindres choses. Mais je me laisse emporter insensiblement à la tentation de parler de vous ; il faut qu'elle soit bien violente, puisque je n'ai pu y résister dans une lettre où je n'avais autre dessein que de vous témoigner avec combien de respect je suis,

MONSEIGNEUR,

Votre très humble et très obéissant serviteur,

RACINE.

Première préface
(1670)

De tous les ouvrages que j'ai donnés au public, il n'y en a point qui m'ait attiré plus d'applaudissements ni plus de censeurs que celui-ci. Quelque soin que j'aie pris pour travailler cette tragédie, il semble qu'autant que je me suis efforcé de la rendre bonne, autant de certaines gens se sont efforcés de la décrier. Il n'y a point de cabale qu'ils n'aient faite, point de critique dont ils ne se soient avisés. Il y en a qui ont pris même le parti de Néron contre moi. Ils ont dit que je le faisais trop cruel. Pour moi, je croyais que le nom seul de Néron faisait entendre quelque chose de plus que cruel. Mais peut-être qu'ils raffinent sur son histoire, et veulent dire qu'il était honnête homme dans ses premières années. Il ne faut qu'avoir lu Tacite pour savoir que, s'il a été quelque temps un bon empereur, il a toujours été un très méchant homme. Il ne s'agit point dans ma tragédie des affaires du dehors. Néron est ici dans son particulier et dans sa famille, et ils me dispenseront de leur rapporter tous les passages qui pourraient aisément leur prouver que je n'ai point de réparation à lui faire.

D'autres ont dit, au contraire, que je l'avais fait trop bon. J'avoue que je ne m'étais pas formé l'idée d'un bon homme en la personne de Néron. Je l'ai toujours regardé comme un monstre. Mais c'est ici un monstre naissant. Il n'a pas encore mis le feu à Rome, il n'a pas encore tué sa mère, sa femme, ses gouverneurs : à cela près, il me semble qu'il lui échappe assez de cruautés pour empêcher que personne ne le méconnaisse[1].

Quelques-uns ont pris l'intérêt de Narcisse, et se sont plaints que j'en eusse fait un très méchant homme et le confident de Néron. Il suffit d'un passage pour leur répondre. « Néron, dit Tacite, porta impatiemment la mort de Narcisse, parce que cet affranchi avait une conformité merveilleuse avec les vices du prince encore cachés : *Cujus abditis adhuc vitiis mire congruebat*[2]. »

Les autres se sont scandalisés que j'eusse choisi un homme aussi jeune que Britannicus pour le héros d'une tragédie. Je leur ai déclaré, dans la préface d'*Andromaque*, le sentiment d'Aristote sur le héros de la tragédie, et que bien loin d'être parfait, il faut toujours qu'il ait quelque imperfection. Mais je leur dirai encore ici qu'un jeune prince de dix-sept ans qui a beaucoup de cœur, beaucoup d'amour, beaucoup de franchise et beaucoup de crédulité, qualités ordinaires d'un jeune homme, m'a semblé très capable d'exciter la compassion. Je n'en veux pas davantage.

« Mais, disent-ils, ce prince n'entrait que dans sa quinzième année lorsqu'il mourut. On le fait vivre, lui et Narcisse, deux ans plus qu'ils n'ont vécu. » Je n'aurais point parlé de cette objection, si elle n'avait été faite avec chaleur par un homme qui s'est donné la liberté de faire régner vingt ans un empereur qui n'en a régné que huit[3], quoique ce changement soit bien plus considérable dans la chronologie, où l'on suppute les temps par les années des empereurs.

Junie ne manque pas non plus de censeurs. Ils disent que d'une vieille coquette, nommée Junia Silana, j'en ai fait une jeune fille très sage. Qu'auraient-ils à me répondre, si je leur disais que cette Junie est un personnage inventé, comme l'Émilie de *Cinna*, comme la Sabine

1. Allusion aux attaques de Corneille et de ses amis.
2. Racine traduit et cite Tacite (*Annales*, XIII, 1).
3. Phocas, dans *Héraclius* (1647).

d'*Horace* ? Mais j'ai à leur dire que, s'ils avaient bien lu l'histoire, ils auraient trouvé une Junia Calvina, de la famille d'Auguste, sœur de Silanus, à qui Claudius avait promis Octavie. Cette Junie était jeune, belle, et, comme dit Sénèque : *festivissima omnium puellarum*. Elle aimait tendrement son frère, « et leurs ennemis, dit Tacite, les accusèrent tous deux d'inceste, quoiqu'ils ne fussent coupables que d'un peu d'indiscrétion ». Si je la présente plus retenue qu'elle n'était, je n'ai pas ouï dire qu'il nous fût défendu de rectifier les mœurs d'un personnage, surtout lorsqu'il n'est pas connu [1].

L'on trouve étrange qu'elle paraisse sur le théâtre après la mort de Britannicus. Certainement la délicatesse [2] est grande de ne pas vouloir qu'elle dise en quatre vers assez touchants qu'elle passe chez Octavie. « Mais, disent-ils, cela ne valait pas la peine de la faire revenir, un autre l'aurait pu raconter pour elle. » Ils ne savent pas qu'une des règles du théâtre est de ne mettre en récit que les choses qui ne se peuvent passer en action, et que tous les Anciens font venir souvent sur la scène des acteurs qui n'ont autre chose à dire, sinon qu'ils viennent d'un endroit, et qu'ils s'en retournent à un autre [3].

« Tout cela est inutile, disent mes censeurs. La pièce est finie au récit de la mort de Britannicus, et l'on ne devrait point écouter le reste. » On l'écoute pourtant, et même avec autant d'attention qu'aucune fin de tragédie. Pour moi, j'ai toujours compris que la tragédie étant l'imitation d'une action complète, où plusieurs personnes concourent, cette action n'est point finie que l'on ne sache en quelle situation elle laisse ces mêmes personnes. C'est ainsi que Sophocle en use presque partout. C'est ainsi que dans l'*Antigone* il emploie autant de vers à représenter la fureur d'Hémon et la punition de Créon

1. Tacite, *Annales*, XII, 4.
2. *délicatesse* : sens excessif de la bienséance.
3. Allusion à une scène supprimée après les premières représentations.

après la mort de cette princesse, que j'en ai employé aux imprécations d'Agrippine, à la retraite de Junie, à la punition de Narcisse, et au désespoir de Néron, après la mort de Britannicus.

Que faudrait-il faire pour contenter des juges si difficiles ? La chose serait aisée, pour peu qu'on voulût trahir le bon sens. Il ne faudrait que s'écarter du naturel pour se jeter dans l'extraordinaire. Au lieu d'une action simple, chargée de peu de matière, telle que doit être une action qui se passe en un seul jour, et qui, s'avançant par degrés vers sa fin, n'est soutenue que par les intérêts, les sentiments et les passions des personnages, il faudrait remplir cette même action de quantité d'incidents qui ne se pourraient passer qu'en un mois, d'un grand nombre de jeux de théâtre d'autant plus surprenants qu'ils seraient moins vraisemblables, d'une infinité de déclamations où l'on ferait dire aux acteurs tout le contraire de ce qu'ils devraient dire. Il faudrait, par exemple, représenter quelque héros ivre, qui se voudrait faire haïr de sa maîtresse de gaieté de cœur, un Lacédémonien grand parleur, un conquérant qui ne débiterait que des maximes d'amour, une femme qui donnerait des leçons de fierté à des conquérants[1]. Voilà sans doute de quoi faire récrier[2] tous ces messieurs. Mais que dirait cependant le petit nombre de gens sages auxquels je m'efforce de plaire ? De quel front oserais-je me montrer, pour ainsi dire, aux yeux de ces grands hommes de l'Antiquité que j'ai choisis pour modèles ? Car, pour me servir de la pensée d'un Ancien, voilà les véritables spectateurs que nous devons nous proposer ; et nous devons sans cesse nous demander : « Que diraient Homère et Virgile, s'ils lisaient ces vers ? que dirait Sophocle, s'il voyait représenter cette scène[3] ? » Quoi qu'il en soit, je n'ai point prétendu

---

1. On reconnaît *Attila*, *Agésilas* et les personnages de César et Cornélie dans *La Mort de Pompée*.
2. *récrier* : applaudir.
3. Racine traduit Longin, *Traité du sublime*, XII.

empêcher qu'on ne parlât contre mes ouvrages ; je l'aurais prétendu inutilement : *Quid de te alii loquantur ipsi videant*, dit Cicéron ; *sed loquentur tamen*[1].

Je prie seulement le lecteur de me pardonner cette petite préface, que j'ai faite pour lui rendre raison de ma tragédie. Il n'y a rien de plus naturel que de se défendre quand on se croit injustement attaqué. Je vois que Térence même semble n'avoir fait des prologues que pour se justifier contre les critiques d'un vieux poète malintentionné, *malevoli veteris poetae*, et qui venait briguer des voix contre lui jusqu'aux heures où l'on représentait ses comédies.

> ....*Occepta est agi :*
> *Exclamat*[2], etc.

On me pouvait faire une difficulté qu'on ne m'a point faite. Mais ce qui est échappé aux spectateurs pourra être remarqué par les lecteurs. C'est que je fais entrer Junie dans les vestales, où, selon Aulu-Gelle, on ne recevait personne au-dessous de six ans, ni au-dessus de dix. Mais le peuple prend ici Junie sous sa protection, et j'ai cru qu'en considération de sa naissance, de sa vertu et de son malheur, il pouvait la dispenser de l'âge prescrit par les lois, comme il a dispensé de l'âge pour le consulat tant de grands hommes qui avaient mérité ce privilège.

Enfin, je suis très persuadé qu'on me peut faire bien d'autres critiques, sur lesquelles je n'aurais d'autre parti à prendre que celui d'en profiter à l'avenir. Mais je plains fort le malheur d'un homme qui travaille pour le public. Ceux qui voient le mieux nos défauts sont ceux qui les dissimulent le plus volontiers : ils nous pardonnent les endroits qui leur ont déplu, en faveur de ceux qui leur ont donné du plaisir. Il n'y a rien, au contraire, de plus

---

1. Cicéron, *République*, VI, 23 (« Ce que d'autres pourront dire sur ton compte, c'est leur affaire ; de toute façon ils parleront »).

2. Térence, prologue de *L'Eunuque* (« Il se met à crier dès le commencement de la représentation »). « Le vieux poète malintentionné » est probablement Luscius de Lavinium.

injuste qu'un ignorant, il croit toujours que l'admiration est le partage des gens qui ne savent rien, il condamne toute une pièce pour une scène qu'il n'approuve pas, il s'attaque même aux endroits les plus éclatants, pour faire croire qu'il a de l'esprit, et pour peu que nous résistions à ses sentiments, il nous traite de présomptueux qui ne veulent croire personne, et ne songe pas qu'il tire quelquefois plus de vanité d'une critique fort mauvaise, que nous n'en tirons d'une assez bonne pièce de théâtre.

Homine imperito nunquam quidquam injustius[1].

1. Térence, *Les Adelphes*, v. 99 (« Rien de plus injuste qu'un ignorant »).

Seconde préface
(1676)

Voici celle de mes tragédies que je puis dire que j'ai le plus travaillée. Cependant j'avoue que le succès ne répondit pas d'abord à mes espérances. À peine elle parut sur le théâtre, qu'il s'éleva quantité de critiques qui semblaient la devoir détruire. Je crus moi-même que sa destinée serait à l'avenir moins heureuse que celle de mes autres tragédies. Mais enfin il est arrivé de cette pièce ce qui arrivera toujours des ouvrages qui auront quelque bonté : les critiques se sont évanouies, la pièce est demeurée. C'est maintenant celle des miennes que la cour et le public revoient le plus volontiers. Et si j'ai fait quelque chose de solide, et qui mérite quelque louange, la plupart des connaisseurs demeurent d'accord que c'est ce même *Britannicus.*

À la vérité, j'avais travaillé sur des modèles qui m'avaient extrêmement soutenu dans la peinture que je voulais faire de la cour d'Agrippine et de Néron. J'avais copié mes personnages d'après le plus grand peintre de l'Antiquité, je veux dire d'après Tacite, et j'étais alors si rempli de la lecture de cet excellent historien, qu'il n'y a presque pas un trait éclatant dans ma tragédie dont il ne m'ait donné l'idée. J'avais voulu mettre dans ce recueil un extrait des plus beaux endroits que j'ai tâché d'imiter ; mais j'ai trouvé que cet extrait tiendrait presque autant de place que la tragédie. Ainsi le lecteur trouvera bon que je le renvoie à cet auteur, qui aussi bien est entre les mains de tout le monde ; et je me contenterai de rapporter ici quelques-uns de ses passages sur chacun des personnages que j'introduis sur la scène.

Pour commencer par Néron, il faut se souvenir qu'il est ici dans les premières années de son règne, qui ont été heureuses, comme l'on sait. Ainsi, il ne m'a pas été permis de le représenter aussi méchant qu'il l'a été depuis. Je ne le représente pas non plus comme un homme vertueux, car il ne l'a jamais été. Il n'a pas encore tué sa mère, sa femme, ses gouverneurs ; mais il a en lui les semences de tous ces crimes. Il commence à vouloir secouer le joug ; il les hait les uns et les autres, et il leur cache sa haine sous de fausses caresses : *Factus natura velare odium fallacibus blanditiis*[1]. En un mot, c'est ici un monstre naissant, mais qui n'ose encore se déclarer, et qui cherche des couleurs à ses méchantes actions : *Hactenus Nero flagitiis et sceleribus velamenta quœsivit*[2]. Il ne pouvait souffrir Octavie, princesse d'une bonté et d'une vertu exemplaires : *fato quodam, an quia prævalent illicita ; metuebaturque ne in stupra feminarum illustrium prorumperet*[3].

Je lui donne Narcisse pour confident. J'ai suivi en cela Tacite, qui dit que « Néron porta impatiemment la mort de Narcisse, parce que cet affranchi avait une conformité merveilleuse avec les vices du prince encore cachés : *Cujus abditis adhuc vitiis mire congruebat*[4] ». Ce passage prouve deux choses : il prouve et que Néron était déjà vicieux, mais qu'il dissimulait ses vices, et que Narcisse l'entretenait dans ses mauvaises inclinations.

---

1. Tacite, *Annales*, XIV, 56 (« Né pour voiler sa haine sous des caresses trompeuses »).
2. Tacite, *Annales*, XIII, 47 (« Jusqu'alors Néron cherchait à voiler ses débauches et ses crimes »).
3. Tacite, *Annales*, XIII, 12 (« Par une sorte de fatalité, ou par la puissance du fruit défendu ; on craignait encore qu'il ne cherchât à corrompre des femmes de familles illustres »).
4. Racine traduit lui-même Tacite, *Annales*, XIII, 1.

J'ai choisi Burrhus pour opposer un honnête homme à cette peste de cour ; et je l'ai choisi plutôt que Sénèque. En voici la raison : ils étaient tous deux gouverneurs de la jeunesse de Néron, l'un pour les armes, et l'autre pour les lettres. Et ils étaient fameux, Burrhus pour son expérience dans les armes et pour la sévérité de ses mœurs, *militaribus curis et severitate morum* ; Sénèque pour son éloquence et le tour agréable de son esprit, *Seneca præceptis eloquentiæ et comitate honesta*. Burrhus, après sa mort, fut extrêmement regretté à cause de sa vertu : *Civitati grande desiderium ejus mansit per memoriam virtutis*[1].

Toute leur peine était de résister à l'orgueil et à la férocité d'Agrippine, *quæ cunctis malæ dominationis cupidinibus flagrans, habebat in partibus Pallantem*[2]. Je ne dis que ce mot d'Agrippine, car il y aurait trop de choses à en dire. C'est elle que je me suis surtout efforcé de bien exprimer, et ma tragédie n'est pas moins la disgrâce d'Agrippine que la mort de Britannicus. Cette mort fut un coup de foudre pour elle ; et « il parut, dit Tacite, par sa frayeur et par sa consternation, qu'elle était aussi innocente de cette mort qu'Octavie. Agrippine perdit en lui sa dernière espérance, et ce crime lui en faisait craindre un plus grand : *Sibi supremum auxilium ereptum, et parricidii exemplum intellegebat*[3] ».

L'âge de Britannicus était si connu, qu'il ne m'a pas été permis de le représenter autrement que comme un jeune prince qui avait beaucoup de cœur, beaucoup d'amour et beaucoup de franchise, qualités ordinaires d'un jeune homme. Il avait quinze ans, et on dit qu'il avait beaucoup d'esprit, soit qu'on dise vrai, ou que ses malheurs aient fait croire cela de lui, sans qu'il ait pu en donner des marques : *Neque segnem ei fuisse indolem*

1. *Annales*, XIII, 2.
2. *Ibid :* (« qui, brûlant d'un immense désir de folle domination, avait mis Pallas de son côté »).
3. *Annales*, XIII, 16. L'euphémisme « un plus grand » est substitué à « parricide ».

ferunt ; sive verum, seu periculis commendatus retinuit famam sine experimento[1].

Il ne faut pas s'étonner s'il n'a auprès de lui qu'un aussi méchant homme que Narcisse, « car il y avait longtemps qu'on avait donné ordre qu'il n'y eût auprès de Britannicus que des gens qui n'eussent ni foi ni honneur : *Nam ut proximus quisque Britannico, neque fas neque fidem pensi haberet, olim provisum erat*[2] ».

Il me reste à parler de Junie. Il ne la faut pas confondre avec une vieille coquette qui s'appelait *Junia Silana*. C'est ici une autre Junie, que Tacite appelle *Junia Calvina*, de la famille d'Auguste, sœur de Silanus, à qui Claudius avait promis Octavie. Cette Junie était jeune, belle, et, comme dit Sénèque, *festivissima omnium puellarum*. « Son frère et elle s'aimaient tendrement, et leurs ennemis, dit Tacite, les accusèrent tous deux d'inceste, quoiqu'ils ne fussent coupables que d'un peu d'indiscrétion. » Elle vécut jusqu'au règne de Vespasien.

Je la fais entrer dans les vestales, quoique, selon Aulu-Gelle, on n'y reçût jamais personne au-dessous de six ans ni au-dessus de dix. Mais le peuple prend ici Junie sous sa protection. Et j'ai cru qu'en considération de sa naissance, de sa vertu et de son malheur, il pouvait la dispenser de l'âge prescrit par les lois, comme il a dispensé de l'âge pour le consulat tant de grands hommes qui avaient mérité ce privilège.

---

1. *Annales*, XII, 26.
2. *Annales*, XIII, 15.

PERSONNAGES

NÉRON, *empereur, fils d'Agrippine.*
BRITANNICUS, *fils de l'empereur Claudius.*
AGRIPPINE, *veuve de Domitius Ænobarbus, père de Néron, et, en secondes noces, veuve de l'empereur Claudius.*
JUNIE, *amante de Britannicus.*
BURRHUS, *gouverneur de Néron.*
NARCISSE, *gouverneur de Britannicus.*
ALBINE, *confidente d'Agrippine.*
GARDES.

La scène est à Rome, dans une chambre[1]
du palais de Néron.

1. *une chambre* : une salle.

ACTE PREMIER

Scène première

AGRIPPINE, ALBINE

ALBINE

Quoi ? tandis que Néron s'abandonne au sommeil,
Faut-il que vous veniez attendre son réveil ?
Qu'errant dans le palais sans suite et sans escorte,
La mère de César[1] veille seule à sa porte ?
Madame, retournez dans votre appartement.

AGRIPPINE

Albine, il ne faut pas s'éloigner un moment.
Je veux l'attendre ici. Les chagrins qu'il me cause
M'occuperont assez tout le temps qu'il repose.
Tout ce que j'ai prédit n'est que trop assuré :
Contre Britannicus Néron s'est déclaré.
L'impatient Néron cesse de se contraindre ;
Las de se faire aimer, il veut se faire craindre.
Britannicus le gêne[2], Albine, et chaque jour
Je sens que je deviens importune à mon tour.

ALBINE

Quoi ? vous à qui Néron doit le jour qu'il respire,
Qui l'avez appelé de si loin à l'empire ?
Vous qui, déshéritant le fils de Claudius,
Avez nommé César l'heureux Domitius ?

---

1. *César* : l'empereur.
2. *le gêne* : est pour lui un obstacle insupportable.

Tout lui parle, Madame, en faveur d'Agrippine :
Il vous doit son amour.

AGRIPPINE

Il me le doit, Albine ;
Tout, s'il est généreux, lui prescrit cette loi ;
Mais tout, s'il est ingrat, lui parle contre moi.

ALBINE

S'il est ingrat, Madame ? Ah ! toute sa conduite
Marque dans son devoir une âme trop instruite.
Depuis trois ans entiers, qu'a-t-il dit, qu'a-t-il fait
Qui ne promette à Rome un empereur parfait ?
Rome, depuis deux ans, par ses soins gouvernée,
Au temps de ses consuls croit être retournée :
Il la gouverne en père[1]. Enfin, Néron naissant
À toutes les vertus d'Auguste vieillissant.

AGRIPPINE

Non, non, mon intérêt ne me rend point injuste :
Il commence, il est vrai, par où finit Auguste ;
Mais crains que l'avenir détruisant le passé,
Il ne finisse ainsi qu'Auguste a commencé.
Il se déguise en vain : je lis sur son visage
Des fiers Domitius l'humeur triste et sauvage ;
Il mêle avec l'orgueil qu'il a pris dans leur sang
La fierté des Néron qu'il puisa dans mon flanc.
Toujours la tyrannie a d'heureuses prémices :
De Rome, pour un temps, Caïus[2] fut les délices ;
Mais sa feinte bonté se tournant en fureur,
Les délices de Rome en devinrent l'horreur.
Que m'importe, après tout, que Néron, plus fidèle,
D'une longue vertu laisse un jour le modèle ?
Ai-je mis dans sa main le timon de l'État
Pour le conduire au gré du peuple et du sénat ?
Ah ! que de la patrie il soit, s'il veut, le père ;
Mais qu'il songe un peu plus qu'Agrippine est sa mère.

---

1. *en père* : comme Auguste, père de la patrie (voir le v. 47).
2. *Caïus* : Caligula.

De quel nom cependant pouvons-nous appeler
L'attentat que le jour vient de nous révéler ?
Il sait, car leur amour ne peut être ignorée,
Que de Britannicus Junie est adorée,
Et ce même Néron, que la vertu conduit,
Fait enlever Junie au milieu de la nuit !
Que veut-il ? Est-ce haine, est-ce amour qui l'inspire ?
Cherche-t-il seulement le plaisir de leur nuire ?
Ou plutôt n'est-ce point que sa malignité
Punit sur eux l'appui que je leur ai prêté ?

ALBINE

Vous, leur appui, Madame ?

AGRIPPINE

Arrête, chère Albine.
Je sais que j'ai moi seule avancé[1] leur ruine ;
Que du trône, où le sang l'a dû[2] faire monter,
Britannicus par moi s'est vu précipiter.
Par moi seule éloigné de l'hymen d'Octavie,
Le frère de Junie abandonna la vie,
Silanus, sur qui Claude avait jeté les yeux,
Et qui comptait Auguste au rang de ses aïeux.
Néron jouit de tout ; et moi, pour récompense,
Il faut qu'entre eux et lui je tienne la balance,
Afin que quelque jour, par une même loi,
Britannicus la tienne entre mon fils et moi.

ALBINE

Quel dessein !

AGRIPPINE

Je m'assure un port dans la tempête.
Néron m'échappera, si ce frein ne l'arrête.

ALBINE

Mais prendre contre un fils tant de soins superflus ?

---

1. *avancé* : hâté.
2. *a dû* : aurait dû (voir, au v. 153, « j'ai pu »).

AGRIPPINE

Je le craindrais bientôt, s'il ne me craignait plus.

ALBINE

Une juste frayeur vous alarme peut-être.
Mais si Néron pour vous n'est plus ce qu'il doit être,
Du moins son changement ne vient pas jusqu'à nous,
Et ce sont des secrets entre César et vous.
Quelques titres nouveaux que Rome lui défère,
Néron n'en reçoit point qu'il ne donne à sa mère.
Sa prodigue amitié ne se réserve rien ;
Votre nom est dans Rome aussi saint que le sien.
À peine parle-t-on de la triste Octavie.
Auguste votre aïeul honora moins Livie.
Néron devant sa mère a permis le premier
Qu'on portât les faisceaux [1] couronnés de laurier.
Quels effets voulez-vous de sa reconnaissance ?

AGRIPPINE

Un peu moins de respect, et plus de confiance.
Tous ces présents, Albine, irritent mon dépit.
Je vois mes honneurs croître et tomber mon crédit.
Non, non, le temps n'est plus que Néron, jeune encore,
Me renvoyait les vœux d'une cour qui l'adore,
Lorsqu'il se reposait sur moi de tout l'État,
Que mon ordre au palais assemblait le sénat,
Et que derrière un voile, invisible et présente,
J'étais de ce grand corps l'âme toute-puissante.
Des volontés de Rome alors mal assuré,
Néron de sa grandeur n'était point enivré.
Ce jour, ce triste jour frappe encor ma mémoire
Où Néron fut lui-même ébloui de sa gloire,
Quand les ambassadeurs de tant de rois divers
Vinrent le reconnaître au nom de l'univers.
Sur son trône avec lui j'allais prendre ma place :
J'ignore quel conseil prépara ma disgrâce ;
Quoi qu'il en soit, Néron, d'aussi loin qu'il me vit,

1. *les faisceaux* : marque du pouvoir consulaire ou impérial.

Laissa sur son visage éclater son dépit.
Mon cœur même en conçut un malheureux augure.
L'ingrat, d'un faux respect colorant son injure,
Se leva par avance, et courant m'embrasser,
Il m'écarta du trône où je m'allais placer.
Depuis ce coup fatal, le pouvoir d'Agrippine
Vers sa chute à grands pas chaque jour s'achemine.
L'ombre seule m'en reste, et l'on n'implore plus
Que le nom de Sénèque et l'appui de Burrhus.

ALBINE

Ah ! si de ce soupçon votre âme est prévenue,
Pourquoi nourrissez-vous le venin qui vous tue ?
Daignez avec César vous éclaircir du moins.

AGRIPPINE

César ne me voit plus, Albine, sans témoins.
En public, à mon heure, on me donne audience ;
Sa réponse est dictée, et même son silence.
Je vois deux surveillants, ses maîtres et les miens,
Présider l'un ou l'autre à tous nos entretiens.
Mais je le poursuivrai d'autant plus qu'il m'évite :
De son désordre, Albine, il faut que je profite.
J'entends du bruit ; on ouvre. Allons subitement
Lui demander raison de cet enlèvement.
Surprenons, s'il se peut, les secrets de son âme.
Mais quoi ? déjà Burrhus sort de chez lui ?

Scène 2

AGRIPPINE, BURRHUS, ALBINE

BURRHUS

Madame,
Au nom de l'empereur j'allais vous informer
D'un ordre qui d'abord a pu vous alarmer,
Mais qui n'est que l'effet d'une sage conduite,
Dont César a voulu que vous soyez instruite.

AGRIPPINE

Puisqu'il le veut, entrons : il m'en instruira mieux.

BURRHUS

César pour quelque temps s'est soustrait à nos yeux.
Déjà par une porte au public moins connue
L'un et l'autre consul[1] vous avaient prévenue,
Madame. Mais souffrez que je retourne exprès...

AGRIPPINE

Non, je ne trouble point ses augustes secrets.
Cependant voulez-vous qu'avec moins de contrainte
L'un et l'autre une fois nous nous parlions sans feinte ?

BURRHUS

Burrhus pour le mensonge eut toujours trop d'horreur.

AGRIPPINE

Prétendez-vous longtemps me cacher l'empereur ?
Ne le verrai-je plus qu'à titre d'importune ?
Ai-je donc élevé si haut votre fortune
Pour mettre une barrière entre mon fils et moi ?
Ne l'osez-vous laisser un moment sur sa foi ?
Entre Sénèque et vous disputez-vous la gloire
À qui m'effacera plus tôt de sa mémoire ?
Vous l'ai-je confié pour en faire un ingrat,
Pour être, sous son nom, les maîtres de l'État ?
Certes, plus je médite, et moins je me figure
Que vous m'osiez compter pour votre créature,
Vous, dont j'ai pu laisser vieillir l'ambition
Dans les honneurs obscurs de quelque légion,
Et moi qui sur le trône ai suivi mes ancêtres,
Moi, fille, femme, sœur et mère de vos maîtres[2] !
Que prétendez-vous donc ? Pensez-vous que ma voix
Ait fait un empereur pour m'en imposer trois ?
Néron n'est plus enfant : n'est-il pas temps qu'il règne ?
Jusqu'à quand voulez-vous que l'empereur vous craigne ?

---

1. *L'un et l'autre consul* : les deux consuls ; l'empire a gardé formellement les institutions de la république.
2. Évocation de Germanicus, Claude, Caligula et Néron.

Ne saurait-il rien voir qu'il n'emprunte vos yeux ?
Pour se conduire, enfin, n'a-t-il pas ses aïeux ?
Qu'il choisisse, s'il veut, d'Auguste ou de Tibère,
Qu'il imite, s'il peut, Germanicus mon père.
Parmi tant de héros je n'ose me placer,
Mais il est des vertus que je lui puis tracer.
Je puis l'instruire au moins combien sa confidence
Entre un sujet et lui doit laisser de distance.

BURRHUS

Je ne m'étais chargé dans cette occasion
Que d'excuser César d'une seule action.
Mais puisque sans vouloir que je le justifie,
Vous me rendez garant du reste de sa vie,
Je répondrai, Madame, avec la liberté
D'un soldat qui sait mal farder la vérité.
Vous m'avez de César confié la jeunesse,
Je l'avoue, et je dois m'en souvenir sans cesse.
Mais vous avais-je fait serment de le trahir,
D'en faire un empereur qui ne sût qu'obéir ?
Non. Ce n'est plus à vous qu'il faut que j'en réponde,
Ce n'est plus votre fils, c'est le maître du monde.
J'en dois compte, Madame, à l'empire romain,
Qui croit voir son salut ou sa perte en ma main.
Ah ! si dans l'ignorance il le fallait instruire,
N'avait-on que Sénèque et moi pour le séduire ?
Pourquoi de sa conduite éloigner les flatteurs ?
Fallait-il dans l'exil[1] chercher des corrupteurs ?
La cour de Claudius, en esclaves fertile,
Pour deux que l'on cherchait en eût présenté mille,
Qui tous auraient brigué l'honneur de l'avilir :
Dans une longue enfance ils l'auraient fait vieillir.
De quoi vous plaignez-vous, Madame ? On vous révère :
Ainsi que par César, on jure par sa mère.
L'empereur, il est vrai, ne vient plus chaque jour
Mettre à vos pieds l'empire, et grossir votre cour.

1. *dans l'exil* : Sénèque et Burrhus ont tous deux connu la disgrâce.

Mais le doit-il, Madame ? et sa reconnaissance
Ne peut-elle éclater que dans sa dépendance ?
Toujours humble, toujours le timide Néron
N'ose-t-il être Auguste et César que de nom ?
Vous le dirai-je enfin ? Rome le justifie.
Rome, à trois affranchis [1] si longtemps asservie,
À peine respirant du joug qu'elle a porté,
Du règne de Néron compte sa liberté.
Que dis-je ? la vertu semble même renaître.
Tout l'empire n'est plus la dépouille d'un maître :
Le peuple au champ de Mars nomme ses magistrats,
César nomme les chefs sur la foi des soldats ;
Thraséas au sénat, Corbulon dans l'armée [2],
Sont encore innocents, malgré leur renommée ;
Les déserts, autrefois peuplés de sénateurs,
Ne sont plus habités que par leurs délateurs.
Qu'importe que César continue à nous croire,
Pourvu que nos conseils ne tendent qu'à sa gloire ;
Pourvu que dans le cours d'un règne florissant
Rome soit toujours libre, et César tout-puissant ?
Mais, Madame, Néron suffit pour se conduire.
J'obéis, sans prétendre à l'honneur de l'instruire.
Sur ses aïeux, sans doute, il n'a qu'à se régler ;
Pour bien faire, Néron n'a qu'à se ressembler,
Heureux si ses vertus, l'une à l'autre enchaînées,
Ramènent tous les ans ses premières années !

AGRIPPINE

Ainsi, sur l'avenir n'osant vous assurer,
Vous croyez que sans vous Néron va s'égarer.
Mais vous qui jusqu'ici content de votre ouvrage,
Venez de ses vertus nous rendre témoignage,
Expliquez-nous pourquoi, devenu ravisseur,
Néron de Silanus fait enlever la sœur ?
Ne tient-il qu'à marquer de cette ignominie

1. *trois affranchis* : Pallas, Narcisse et Calliste.
2. Propos à dimension prophétique : Thraséas et Corbulon mourront par la volonté de Néron (*Annales*, XVI et XIII).

Le sang de mes aïeux qui brille dans Junie ?
De quoi l'accuse-t-il ? Et par quel attentat
Devient-elle en un jour criminelle d'État,
Elle qui sans orgueil jusqu'alors élevée,
N'aurait point vu Néron, s'il ne l'eût enlevée,
Et qui même aurait mis au rang de ses bienfaits
L'heureuse liberté de ne le voir jamais ?

BURRHUS

Je sais que d'aucun crime elle n'est soupçonnée ;
Mais jusqu'ici César ne l'a point condamnée,
Madame. Aucun objet ne blesse ici ses yeux :
Elle est dans un palais tout plein de ses aïeux.
Vous savez que les droits qu'elle porte avec elle
Peuvent de son époux faire un prince rebelle,
Que le sang de César ne se doit allier
Qu'à ceux à qui César le veut bien confier,
Et vous-même avouerez qu'il ne serait pas juste
Qu'on disposât sans lui de la nièce d'Auguste.

AGRIPPINE

Je vous entends : Néron m'apprend par votre voix
Qu'en vain Britannicus s'assure[1] sur mon choix.
En vain, pour détourner ses yeux de sa misère,
J'ai flatté son amour d'un hymen qu'il espère.
À ma confusion, Néron veut faire voir
Qu'Agrippine promet par-delà son pouvoir.
Rome de ma faveur est trop préoccupée :
Il veut par cet affront qu'elle soit détrompée,
Et que tout l'univers apprenne avec terreur
À ne confondre plus mon fils et l'empereur.
Il le peut. Toutefois j'ose encore lui dire
Qu'il doit avant ce coup affermir son empire,
Et qu'en me réduisant à la nécessité
D'éprouver contre lui ma faible autorité,
Il expose la sienne, et que dans la balance
Mon nom peut-être aura plus de poids qu'il ne pense.

1. *s'assure* : se repose.

BURRHUS

Quoi, Madame ? toujours soupçonner[1] son respect ?
Ne peut-il faire un pas qui ne vous soit suspect ?
L'empereur vous croit-il du parti de Junie ?
Avec Britannicus vous croit-il réunie ?
Quoi ? de vos ennemis devenez-vous l'appui
Pour trouver un prétexte à vous plaindre de lui ?
Sur le moindre discours[2] qu'on pourra vous redire,
Serez-vous toujours prête à partager[3] l'empire ?
Vous craindrez-vous sans cesse, et vos embrassements
Ne se passeront-ils qu'en éclaircissements[4] ?
Ah ! quittez d'un censeur la triste diligence ;
D'une mère facile affectez l'indulgence,
Souffrez quelques froideurs sans les faire éclater[5],
Et n'avertissez point la cour de[6] vous quitter.

AGRIPPINE

Et qui s'honorerait de l'appui d'Agrippine,
Lorsque Néron lui-même annonce ma ruine ?
Lorsque de sa présence il semble me bannir ?
Quand Burrhus à sa porte ose me retenir ?

BURRHUS

Madame, je vois bien qu'il est temps de me taire,
Et que ma liberté commence à vous déplaire.
La douleur est injuste, et toutes les raisons
Qui ne la flattent point aigrissent ses soupçons.
Voici Britannicus. Je lui cède ma place.
Je vous laisse écouter et plaindre sa disgrâce,
Et peut-être, Madame, en accuser les soins
De ceux que l'empereur a consultés le moins.

---

1. *soupçonner* : mettre en doute.
2. *discours* : propos.
3. *partager* : diviser, créer des dissensions.
4. *éclaircissements* : explications houleuses.
5. *les faire éclater* : les publier.
6. *n'avertissez point* [...] *de* : n'encouragez pas [...] à.

Scène 3

BRITANNICUS, AGRIPPINE, NARCISSE, ALBINE

AGRIPPINE

Ah, Prince ! où courez-vous ? Quelle ardeur inquiète
Parmi vos ennemis en aveugle vous jette ?
Que venez-vous chercher ?

BRITANNICUS

Ce que je cherche ? Ah, dieux !
Tout ce que j'ai perdu, Madame, est en ces lieux.
De mille affreux soldats Junie environnée
S'est vue en ce palais indignement traînée.
Hélas ! de quelle horreur ses timides esprits
À ce nouveau spectacle auront été surpris !
Enfin on me l'enlève. Une loi trop sévère
Va séparer deux cœurs qu'assemblait leur misère.
Sans doute on ne veut pas que mêlant nos douleurs
Nous nous aidions l'un l'autre à porter nos malheurs.

AGRIPPINE

Il suffit. Comme vous je ressens vos injures[1] ;
Mes plaintes ont déjà précédé vos murmures.
Mais je ne prétends pas qu'un impuissant courroux
Dégage ma parole[2] et m'acquitte envers vous.
Je ne m'explique point. Si vous voulez m'entendre,
Suivez-moi chez Pallas, où je vais vous attendre.

Scène 4

BRITANNICUS, NARCISSE

BRITANNICUS

La croirai-je, Narcisse ? et dois-je sur sa foi
La prendre pour arbitre entre son fils et moi ?
Qu'en dis-tu ? N'est-ce pas cette même Agrippine

1. *vos injures* : les offenses que vous subissez.
2. *Dégage ma parole* : me dispense de tenir mes promesses.

Que mon père épousa jadis pour sa ruine,
Et qui, si je t'en crois, a de ses derniers jours,
Trop lents pour ses desseins, précipité le cours ?

NARCISSE

N'importe. Elle se sent comme vous outragée ;
À vous donner Junie elle s'est engagée :
Unissez vos chagrins, liez vos intérêts.
Ce palais retentit en vain de vos regrets :
Tandis qu'on vous verra d'une voix suppliante
Semer ici la plainte et non pas l'épouvante,
Que vos ressentiments se perdront en discours,
Il n'en faut pas douter, vous vous plaindrez toujours.

BRITANNICUS

Ah ! Narcisse, tu sais si de la servitude
Je prétends faire encore une longue habitude ;
Tu sais si [1] pour jamais, de ma chute étonné,
Je renonce à l'empire où j'étais destiné.
Mais je suis seul encor : les amis de mon père
Sont autant d'inconnus que glace [2] ma misère,
Et ma jeunesse même écarte loin de moi
Tous ceux qui dans le cœur me réservent leur foi.
Pour moi, depuis un an qu'un peu d'expérience
M'a donné de mon sort la triste connaissance,
Que vois-je autour de moi, que des amis vendus
Qui sont de tous mes pas les témoins assidus,
Qui, choisis par Néron pour ce commerce infâme,
Trafiquent avec lui des secrets de mon âme ?
Quoi qu'il en soit, Narcisse, on me vend tous les jours :
Il prévoit mes desseins, il entend mes discours ;
Comme toi, dans mon cœur, il sait ce qui se passe.
Que t'en semble, Narcisse ?

1. *Tu sais si* [...] : l'expression a valeur négative. Britannicus est attaché à ses droits légitimes et soucieux de les exercer.
2. *glace* : paralyse.

NARCISSE

Ah ! quelle âme assez basse...
C'est à vous de choisir des confidents discrets,
Seigneur, et de ne pas prodiguer vos secrets.

BRITANNICUS

Narcisse, tu dis vrai. Mais cette défiance
Est toujours d'un grand cœur la dernière science ;
On le trompe longtemps. Mais enfin je te croi,
Ou plutôt je fais vœu de ne croire que toi.
Mon père, il m'en souvient, m'assura de ton zèle.
Seul de ses affranchis tu m'es toujours fidèle ;
Tes yeux, sur ma conduite incessamment ouverts,
M'ont sauvé jusqu'ici de mille écueils couverts.
Va donc voir si le bruit de ce nouvel orage
Aura de nos amis excité le courage.
Examine leurs yeux, observe leurs discours,
Vois si j'en puis attendre un fidèle secours.
Surtout dans ce palais remarque avec adresse
Avec quel soin Néron fait garder la princesse :
Sache si du péril ses beaux yeux sont remplis [1],
Et si son entretien m'est encore permis.
Cependant de Néron je vais trouver la mère
Chez Pallas, comme toi l'affranchi de mon père.
Je vais la voir, l'aigrir, la suivre et s'il se peut
M'engager sous son nom plus loin qu'elle ne veut.

1. Comprendre : sache si elle a conscience de notre commun péril.

ACTE II

Scène première

NÉRON, BURRHUS, NARCISSE, GARDES

NÉRON

N'en doutez point, Burrhus : malgré ses injustices,
C'est ma mère, et je veux ignorer ses caprices.
Mais je ne prétends plus ignorer ni souffrir
Le ministre insolent qui les ose nourrir.
Pallas de ses conseils empoisonne ma mère ;
Il séduit, chaque jour, Britannicus mon frère,
Ils l'écoutent tout seul, et qui suivrait leurs pas
Les trouverait peut-être assemblés chez Pallas.
C'en est trop. De tous deux il faut que je l'écarte.
Pour la dernière fois, qu'il s'éloigne, qu'il parte ;
Je le veux, je l'ordonne ; et que la fin du jour
Ne le retrouve pas dans Rome ou dans ma cour.
Allez : cet ordre importe au salut de l'empire.
Vous, Narcisse, approchez. Et vous, qu'on se retire.

Scène 2

NÉRON, NARCISSE

NARCISSE

Grâces aux dieux, Seigneur, Junie entre vos mains
Vous assure [1] aujourd'hui le reste des Romains.

---

1. *Vous assure* : vous rend maître de.

Vos ennemis, déchus de leur vaine espérance,
Sont allés chez Pallas pleurer leur impuissance.
Mais que vois-je ? Vous-même, inquiet, étonné,
Plus que Britannicus paraissez consterné.
Que présage à mes yeux cette tristesse obscure
Et ces sombres regards errant à l'aventure ?
Tout vous rit : la fortune obéit à vos vœux.

NÉRON

Narcisse, c'en est fait, Néron est amoureux.

NARCISSE

Vous ?

NÉRON

Depuis un moment, mais pour toute ma vie,
J'aime, que dis-je, aimer ? j'idolâtre Junie !

NARCISSE

Vous l'aimez ?

NÉRON

Excité d'un désir curieux,
Cette nuit je l'ai vue arriver en ces lieux,
Triste, levant au ciel ses yeux mouillés de larmes,
Qui brillaient au travers des flambeaux et des armes,
Belle, sans ornements, dans le simple appareil
D'une beauté qu'on vient d'arracher au sommeil.
Que veux-tu ? Je ne sais si cette négligence,
Les ombres, les flambeaux, les cris et le silence,
Et le farouche aspect de ses fiers ravisseurs
Relevaient de ses yeux les timides douceurs,
Quoi qu'il en soit, ravi d'une si belle vue,
J'ai voulu lui parler, et ma voix s'est perdue :
Immobile, saisi d'un long étonnement,
Je l'ai laissé passer dans son appartement.
J'ai passé dans le mien. C'est là que, solitaire,
De son image en vain j'ai voulu me distraire[1].
Trop présente à mes yeux je croyais lui parler,

1. *me distraire* : me libérer.

J'aimais jusqu'à ses pleurs que je faisais couler.
Quelquefois, mais trop tard, je lui demandais grâce ;
J'employais les soupirs, et même la menace.
Voilà comme, occupé de mon nouvel amour,
Mes yeux, sans se fermer, ont attendu le jour.
Mais je m'en fais peut-être une trop belle image,
Elle m'est apparue avec trop d'avantage :
Narcisse, qu'en dis-tu ?

NARCISSE

Quoi, Seigneur ? croira-t-on
Qu'elle ait pu si longtemps se cacher à Néron ?

NÉRON

Tu le sais bien, Narcisse. Et soit que sa colère
M'imputât le malheur qui lui ravit son frère,
Soit que son cœur, jaloux d'une austère fierté,
Enviât à nos yeux sa naissante beauté,
Fidèle à sa douleur, et dans l'ombre enfermée,
Elle se dérobait même à sa renommée.
Et c'est cette vertu, si nouvelle[1] à la cour,
Dont la persévérance irrite mon amour.
Quoi, Narcisse ? tandis qu'il n'est point de Romaine
Que mon amour n'honore et ne rende plus vaine,
Qui dès qu'à ses regards elle ose se fier,
Sur le cœur de César ne les vienne essayer,
Seule dans son palais la modeste[2] Junie
Regarde leurs honneurs comme une ignominie,
Fuit, et ne daigne pas peut-être s'informer
Si César est aimable ou bien s'il sait aimer ?
Dis-moi : Britannicus l'aime-t-il ?

NARCISSE

Quoi ! s'il l'aime,
Seigneur ?

1. *nouvelle* : extraordinaire.
2. *modeste* : pudique (voir, au v. 620, le substantif « modestie »).

NÉRON

Si jeune encor, se connaît-il lui-même ?
D'un regard enchanteur connaît-il le poison ?

NARCISSE

Seigneur, l'amour toujours n'attend pas la raison.
N'en doutez point, il l'aime. Instruits par tant de charmes,
Ses yeux sont déjà faits à l'usage des larmes.
À ses moindres désirs il sait s'accommoder,
Et peut-être déjà sait-il persuader.

NÉRON

Que dis-tu ? Sur son cœur il aurait quelque empire ?

NARCISSE

Je ne sais. Mais, Seigneur, ce que je puis vous dire,
Je l'ai vu quelquefois s'arracher de ces lieux,
Le cœur plein d'un courroux qu'il cachait à vos yeux,
D'une cour qui le fuit pleurant l'ingratitude,
Las de votre grandeur et de sa servitude,
Entre l'impatience [1] et la crainte flottant,
Il allait voir Junie, et revenait content.

NÉRON

D'autant plus malheureux qu'il aura su lui plaire,
Narcisse, il doit plutôt souhaiter sa colère.
Néron impunément ne sera pas jaloux.

NARCISSE

Vous ? Et de quoi, Seigneur, vous inquiétez-vous ?
Junie a pu le plaindre et partager ses peines :
Elle n'a vu couler de larmes que les siennes.
Mais aujourd'hui, Seigneur, que ses yeux dessillés
Regardant de plus près l'éclat dont vous brillez,
Verront autour de vous les rois sans diadème,
Inconnus dans la foule, et son amant lui-même,
Attachés sur vos yeux s'honorer d'un regard
Que vous aurez sur eux fait tomber au hasard ;
Quand elle vous verra, de ce degré de gloire,

1. *l'impatience* : la révolte.

Venir en soupirant avouer sa victoire[1] :
Maître, n'en doutez point, d'un cœur déjà charmé,
Commandez qu'on vous aime, et vous serez aimé.

NÉRON

À combien de chagrins il faut que je m'apprête !
Que d'importunités !

NARCISSE

Quoi donc ? qui vous arrête,
Seigneur ?

NÉRON

Tout : Octavie, Agrippine, Burrhus,
Sénèque, Rome entière, et trois ans de vertus.
Non que pour Octavie un reste de tendresse
M'attache à son hymen et plaigne sa jeunesse :
Mes yeux, depuis longtemps fatigués de ses soins,
Rarement de ses pleurs daignent être témoins ;
Trop heureux, si bientôt la faveur d'un divorce
Me soulageait d'un joug qu'on m'imposa par force !
Le ciel même en secret semble la condamner :
Ses vœux, depuis quatre ans, ont beau l'importuner,
Les dieux ne montrent point que sa vertu les touche :
D'aucun gage, Narcisse, ils n'honorent sa couche ;
L'empire vainement demande un héritier[2].

NARCISSE

Que tardez-vous, Seigneur, à la répudier ?
L'empire, votre cœur, tout condamne Octavie.
Auguste, votre aïeul, soupirait pour Livie :
Par un double divorce ils s'unirent tous deux,
Et vous devez l'empire à ce divorce heureux.
Tibère, que l'hymen plaça dans sa famille,
Osa bien à ses yeux répudier sa fille[3].
Vous seul, jusques ici contraire à vos désirs,
N'osez par un divorce assurer vos plaisirs.

1. *avouer sa victoire* : reconnaître que vous êtes amoureux d'elle.
2. Octavie est stérile ; c'est, à Rome, un cas de divorce.
3. Auguste a répudié Scribonia et Tibère Julia (fille des précédents).

NÉRON

Et ne connais-tu pas l'implacable Agrippine ?
Mon amour inquiet déjà se l'imagine
Qui m'amène Octavie, et d'un œil enflammé
Atteste les saints droits d'un nœud qu'elle a formé ;
Et portant à mon cœur des atteintes plus rudes,
Me fait un long récit de mes ingratitudes.
De quel front soutenir ce fâcheux entretien ?

NARCISSE

N'êtes-vous pas, Seigneur, votre maître et le sien ?
Vous verrons-nous toujours trembler sous sa tutelle ?
Vivez, régnez pour vous : c'est trop régner pour elle.
Craignez-vous ? Mais, Seigneur, vous ne la craignez pas :
Vous venez de bannir le superbe Pallas,
Pallas, dont vous savez qu'elle soutient l'audace.

NÉRON

Éloigné de ses yeux, j'ordonne, je menace,
J'écoute vos conseils, j'ose les approuver ;
Je m'excite contre elle, et tâche à la braver :
Mais (je t'expose ici mon âme toute nue)
Sitôt que mon malheur me ramène à sa vue,
Soit que je n'ose encor démentir le pouvoir
De ces yeux où j'ai lu si longtemps mon devoir ;
Soit qu'à tant de bienfaits ma mémoire fidèle
Lui soumette en secret tout ce que je tiens d'elle,
Mais enfin mes efforts ne me servent de rien :
Mon génie [1] étonné tremble devant le sien.
Et c'est pour m'affranchir de cette dépendance
Que je la fuis partout, que même je l'offense,
Et que de temps en temps j'irrite ses ennuis,
Afin qu'elle m'évite autant que je la fuis.
Mais je t'arrête trop. Retire-toi, Narcisse ;
Britannicus pourrait t'accuser d'artifice.

---

1. *Mon génie* : le mot désigne la personne morale.

NARCISSE

Non, non ; Britannicus s'abandonne à ma foi ;
Par son ordre, Seigneur, il croit que je vous voi,
Que je m'informe ici de tout ce qui le touche,
Et veut de vos secrets être instruit par ma bouche.
Impatient surtout de revoir ses amours,
Il attend de mes soins ce fidèle secours.

NÉRON

J'y consens ; porte-lui cette douce nouvelle :
Il la verra.

NARCISSE

Seigneur, bannissez-le loin d'elle.

NÉRON

J'ai mes raisons, Narcisse ; et tu peux concevoir
Que je lui vendrai cher le plaisir de la voir.
Cependant vante-lui ton heureux stratagème,
Dis-lui qu'en sa faveur on me trompe moi-même,
Qu'il la voit sans mon ordre. On ouvre : la voici.
Va retrouver ton maître, et l'amener ici.

Scène 3

NÉRON, JUNIE

NÉRON

Vous vous troublez, Madame, et changez de visage.
Lisez-vous dans mes yeux quelque triste présage ?

JUNIE

Seigneur, je ne vous puis déguiser mon erreur :
J'allais voir Octavie, et non pas l'empereur.

NÉRON

Je le sais bien, Madame, et n'ai pu sans envie
Apprendre vos bontés pour l'heureuse Octavie.

JUNIE

Vous, Seigneur ?

NÉRON

Pensez-vous, Madame, qu'en ces lieux,
Seule pour vous connaître Octavie ait des yeux ?

JUNIE

Et quel autre, Seigneur, voulez-vous que j'implore ?
À qui demanderai-je un crime que j'ignore ?
Vous qui le punissez, vous ne l'ignorez pas :
De grâce, apprenez-moi, Seigneur, mes attentats.

NÉRON

Quoi, Madame ? est-ce donc une légère offense
De m'avoir si longtemps caché votre présence ?
Ces trésors dont le ciel voulut vous embellir,
Les avez-vous reçus pour les ensevelir ?
L'heureux Britannicus verra-t-il sans alarmes
Croître, loin de nos yeux, son amour et vos charmes ?
Pourquoi, de cette gloire exclu jusqu'à ce jour,
M'avez-vous, sans pitié, relégué dans ma cour ?
On dit plus : vous souffrez sans en être offensée
Qu'il vous ose, Madame, expliquer sa pensée.
Car je ne croirai point que sans me consulter
La sévère Junie ait voulu le flatter,
Ni qu'elle ait consenti d'aimer et d'être aimée,
Sans que j'en sois instruit que par la renommée[1].

JUNIE

Je ne vous nierai point, Seigneur, que ses soupirs
M'ont daigné quelquefois expliquer ses désirs.
Il n'a point détourné ses regards d'une fille,
Seul reste du débris d'une illustre famille.
Peut-être il se souvient qu'en un temps plus heureux
Son père me nomma pour l'objet de ses vœux.
Il m'aime ; il obéit à l'empereur son père,

1. *par la renommée* : indirectement, par les bruits qui courent.

Et j'ose dire encore, à vous, à votre mère :
Vos désirs sont toujours si conformes aux siens...

NÉRON

Ma mère a ses desseins, Madame, et j'ai les miens.
Ne parlons plus ici de Claude et d'Agrippine :
Ce n'est point par leur choix que je me détermine.
C'est à moi seul, Madame, à répondre de vous,
Et je veux de ma main vous choisir un époux.

JUNIE

Ah ! Seigneur, songez-vous que toute autre alliance
Fera honte aux Césars, auteurs de ma naissance ?

NÉRON

Non, Madame, l'époux dont je vous entretiens
Peut sans honte assembler vos aïeux et les siens,
Vous pouvez, sans rougir, consentir à sa flamme.

JUNIE

Et quel est donc, Seigneur, cet époux ?

NÉRON

Moi, Madame.

JUNIE

Vous ?

NÉRON

Je vous nommerais, Madame, un autre nom,
Si j'en avais quelque autre au-dessus de Néron.
Oui, pour vous faire un choix où vous puissiez souscrire,
J'ai parcouru des yeux la cour, Rome et l'empire.
Plus j'ai cherché, Madame, et plus je cherche encor
En quelles mains je dois confier ce trésor,
Plus je vois que César, digne seul de vous plaire,
En doit être lui seul l'heureux dépositaire,
Et ne peut dignement vous confier qu'aux mains
À qui Rome a commis l'empire des humains.
Vous-même, consultez vos premières années :
Claudius à son fils les avait destinées,
Mais c'était en un temps où de l'empire entier

Il croyait quelque jour le nommer l'héritier.
Les dieux ont prononcé. Loin de leur contredire,
C'est à vous de passer du côté de l'empire.
En vain de ce présent[1] ils m'auraient honoré,
Si votre cœur devait en être séparé,
Si tant de soins ne sont adoucis par vos charmes,
Si tandis que je donne aux veilles, aux alarmes,
Des jours toujours à plaindre et toujours enviés,
Je ne vais quelquefois respirer[2] à vos pieds.
Qu'Octavie à vos yeux ne fasse point d'ombrage :
Rome, aussi bien que moi, vous donne son suffrage,
Répudie Octavie, et me fait dénouer
Un hymen que le ciel ne veut point avouer[3].
Songez-y donc, Madame, et pesez en vous-même
Ce choix digne des soins d'un prince qui vous aime,
Digne de vos beaux yeux trop longtemps captivés,
Digne de l'univers à qui vous vous devez.

JUNIE

Seigneur, avec raison je demeure étonnée.
Je me vois, dans le cours d'une même journée,
Comme une criminelle amenée en ces lieux ;
Et lorsque avec frayeur je parais à vos yeux,
Que sur mon innocence à peine je me fie,
Vous m'offrez tout d'un coup la place d'Octavie.
J'ose dire pourtant que je n'ai mérité
Ni cet excès d'honneur, ni cette indignité.
Et pouvez-vous, Seigneur, souhaiter qu'une fille
Qui vit presque en naissant éteindre sa famille,
Qui, dans l'obscurité nourrissant sa douleur,
S'est fait une vertu conforme à son malheur,
Passe subitement de cette nuit profonde
Dans un rang qui l'expose aux yeux de tout le monde,
Dont je n'ai pu de loin soutenir la clarté,
Et dont une autre enfin remplit la majesté ?

---

1. *ce présent* : l'empire.
2. *respirer* : trouver le repos.
3. *avouer* : approuver cette union en la rendant féconde.

NÉRON

Je vous ai déjà dit que je la répudie.
Ayez moins de frayeur, ou moins de modestie.
N'accusez point ici mon choix d'aveuglement ;
Je vous réponds de vous ; consentez seulement.
Du sang dont vous sortez rappelez la mémoire,
Et ne préférez point à la solide gloire
Des honneurs dont César prétend vous revêtir,
La gloire d'un refus sujet au repentir.

JUNIE

Le ciel connaît, Seigneur, le fond de ma pensée.
Je ne me flatte point d'une gloire insensée :
Je sais de vos présents mesurer la grandeur ;
Mais plus ce rang sur moi répandrait de splendeur,
Plus il me ferait honte, et mettrait en lumière
Le crime d'en avoir dépouillé l'héritière.

NÉRON

C'est de ses intérêts prendre beaucoup de soin,
Madame ; et l'amitié ne peut aller plus loin.
Mais ne nous flattons point, et laissons le mystère :
La sœur vous touche ici beaucoup moins que le frère,
Et pour Britannicus...

JUNIE

Il a su me toucher,
Seigneur, et je n'ai point prétendu m'en cacher.
Cette sincérité sans doute est peu discrète ;
Mais toujours de mon cœur ma bouche est l'interprète.
Absente de la cour, je n'ai pas dû penser,
Seigneur, qu'en l'art de feindre il fallût m'exercer.
J'aime Britannicus. Je lui fus destinée
Quand l'empire devait suivre son hyménée :
Mais ces mêmes malheurs qui l'en ont écarté,
Ses honneurs abolis, son palais déserté,
La fuite d'une cour que sa chute a bannie,
Sont autant de liens qui retiennent Junie.
Tout ce que vous voyez conspire à vos désirs ;

Vos jours toujours sereins coulent dans les plaisirs :
L'empire[1] en est pour vous l'inépuisable source ;
Ou, si quelque chagrin en interrompt la course,
Tout l'univers soigneux de les entretenir
S'empresse à l'effacer de votre souvenir.
Britannicus est seul. Quelque ennui qui le presse,
Il ne voit, dans son sort, que moi qui s'intéresse,
Et n'a pour tout plaisir, Seigneur, que quelques pleurs
Qui lui font quelquefois oublier ses malheurs.

NÉRON

Et ce sont ces plaisirs et ces pleurs que j'envie,
Que tout autre que lui me paierait de sa vie.
Mais je garde à ce prince un traitement plus doux :
Madame, il va bientôt paraître devant vous.

JUNIE

Ah, Seigneur ! vos vertus m'ont toujours rassurée.

NÉRON

Je pouvais de ces lieux lui défendre l'entrée ;
Mais, Madame, je veux prévenir le danger
Où son ressentiment le pourrait engager.
Je ne veux point le perdre : il vaut mieux que lui-même
Entende son arrêt de la bouche qu'il aime.
Si ses jours vous sont chers, éloignez-le de vous,
Sans qu'il ait aucun lieu de me croire jaloux.
De son bannissement prenez sur vous l'offense,
Et soit par vos discours, soit par votre silence,
Du moins par vos froideurs, faites-lui concevoir
Qu'il doit porter ailleurs ses vœux et son espoir.

JUNIE

Moi ! que je lui prononce un arrêt si sévère ?
Ma bouche mille fois lui jura le contraire.
Quand même jusque-là je pourrais me trahir,
Mes yeux lui défendront, Seigneur, de m'obéir.

1. *L'empire* : ici, le pouvoir absolu.

NÉRON

Caché près de ces lieux, je vous verrai, Madame.
Renfermez votre amour dans le fond de votre âme.
Vous n'aurez point pour moi de langages secrets :
J'entendrai des regards que vous croirez muets,
Et sa perte sera l'infaillible salaire
D'un geste ou d'un soupir échappé pour lui plaire.

JUNIE

Hélas ! si j'ose encor former quelques souhaits,
Seigneur, permettez-moi de ne le voir jamais !

Scène 4

NÉRON, JUNIE, NARCISSE

NARCISSE

Britannicus, Seigneur, demande la princesse :
Il approche.

NÉRON

Qu'il vienne.

JUNIE

Ah ! Seigneur !

NÉRON

Je vous laisse.
Sa fortune dépend de vous plus que de moi :
Madame, en le voyant, songez que je vous voi.

Scène 5

JUNIE, NARCISSE

JUNIE

Ah ! cher Narcisse, cours au-devant de ton maître :
Dis-lui... Je suis perdue, et je le vois paraître !

Scène 6

JUNIE, BRITANNICUS, NARCISSE

BRITANNICUS

Madame, quel bonheur me rapproche de vous ?
Quoi ? je puis donc jouir d'un entretien si doux ?
Mais parmi ce plaisir, quel chagrin me dévore !
Hélas ! puis-je espérer de vous revoir encore ?
Faut-il que je dérobe [1], avec mille détours,
Un bonheur que vos yeux m'accordaient tous les jours ?
Quelle nuit ! quel réveil ! Vos pleurs, votre présence
N'ont point de ces cruels désarmé l'insolence ?
Que faisait votre amant ? Quel démon envieux
M'a refusé l'honneur de mourir à vos yeux ?
Hélas ! dans la frayeur dont vous étiez atteinte,
M'avez-vous en secret adressé quelque plainte ?
Ma princesse, avez-vous daigné me souhaiter ?
Songiez-vous aux douleurs que vous m'alliez coûter ?
Vous ne me dites rien ? Quel accueil ! Quelle glace !
Est-ce ainsi que vos yeux consolent ma disgrâce ?
Parlez : nous sommes seuls. Notre ennemi trompé
Tandis que je vous parle est ailleurs occupé.
Ménageons les moments de cette heureuse absence.

JUNIE

Vous êtes en des lieux tout pleins de sa puissance.
Ces murs mêmes, Seigneur, peuvent avoir des yeux,
Et jamais l'empereur n'est absent de ces lieux.

BRITANNICUS

Et depuis quand, Madame, êtes-vous si craintive ?
Quoi ? déjà votre amour souffre qu'on le captive ?
Qu'est devenu ce cœur qui me jurait toujours
De faire à Néron même envier nos amours ?
Mais bannissez, Madame, une inutile crainte.
La foi dans tous les cœurs n'est pas encore éteinte ;

1. *dérobe* : obtienne par la ruse.

Chacun semble des yeux approuver mon courroux,
La mère de Néron se déclare pour nous,
Rome, de sa conduite elle-même offensée...

JUNIE

Ah ! Seigneur, vous parlez contre votre pensée.
Vous-même, vous m'avez avoué mille fois
Que Rome le louait d'une commune voix ;
Toujours à sa vertu vous rendiez quelque hommage.
Sans doute la douleur vous dicte ce langage.

BRITANNICUS

Ce discours me surprend, il le faut avouer.
Je ne vous cherchais pas pour l'entendre louer.
Quoi ? pour vous confier la douleur qui m'accable,
À peine je dérobe un moment favorable,
Et ce moment si cher, Madame, est consumé
À louer l'ennemi dont je suis opprimé ?
Qui vous rend à vous-même, en un jour, si contraire ?
Quoi ! même vos regards ont appris à se taire ?
Que vois-je ? Vous craignez de rencontrer mes yeux ?
Néron vous plairait-il ? Vous serais-je odieux ?
Ah ! si je le croyais... Au nom des dieux, Madame,
Éclaircissez le trouble où vous jetez mon âme.
Parlez. Ne suis-je plus dans votre souvenir ?

JUNIE

Retirez-vous, Seigneur ; l'empereur va venir.

BRITANNICUS

Après ce coup, Narcisse, à qui [1] dois-je m'attendre ?

1. *à qui* : à quoi.

Scène 7

NÉRON, JUNIE, NARCISSE

NÉRON

Madame...

JUNIE

Non, Seigneur, je ne puis rien entendre.
Vous êtes obéi. Laissez couler du moins
Des larmes dont ses yeux ne seront pas témoins.

Scène 8

NÉRON, NARCISSE

NÉRON

Eh bien ! de leur amour tu vois la violence,
Narcisse : elle a paru jusque dans son silence !
Elle aime mon rival, je ne puis l'ignorer ;
Mais je mettrai ma joie à le désespérer.
Je me fais de sa peine une image charmante,
Et je l'ai vu douter du cœur de son amante.
Je la suis. Mon rival t'attend pour éclater :
Par de nouveaux soupçons, va, cours le tourmenter.
Et tandis qu'à mes yeux on le pleure, on l'adore,
Fais-lui payer bien cher un bonheur qu'il ignore.

NARCISSE, *seul*

La fortune t'appelle une seconde fois,
Narcisse : voudrais-tu résister à sa voix ?
Suivons jusques au bout ses ordres favorables ;
Et pour nous rendre heureux, perdons les misérables.

ACTE III

Scène première

NÉRON, BURRHUS

BURRHUS

Pallas obéira, Seigneur.

NÉRON

Et de quel œil
Ma mère a-t-elle vu confondre son orgueil ?

BURRHUS

Ne doutez point, Seigneur, que ce coup ne la frappe,
Qu'en reproches bientôt sa douleur ne s'échappe.
Ses transports dès longtemps commencent d'éclater.
À d'inutiles cris puissent-ils s'arrêter !

NÉRON

Quoi ? de quelque dessein la croyez-vous capable ?

BURRHUS

Agrippine, Seigneur, est toujours redoutable.
Rome et tous vos soldats révèrent ses aïeux ;
Germanicus son père est présent à leurs yeux.
Elle sait son pouvoir ; vous savez son courage ;
Et ce qui me la fait redouter davantage,
C'est que vous appuyez vous-même son courroux
Et que vous lui donnez des armes contre vous.

NÉRON

Moi, Burrhus ?

BURRHUS

Cet amour, Seigneur, qui vous possède...

NÉRON

Je vous entends, Burrhus. Le mal est sans remède.
Mon cœur s'en est plus dit que vous ne m'en direz ;
Il faut que j'aime enfin.

BURRHUS

Vous vous le figurez,
Seigneur ; et satisfait de quelque résistance,
Vous redoutez un mal faible dans sa naissance[1].
Mais si, dans son devoir, votre cœur affermi
Voulait ne point s'entendre avec son ennemi,
Si de vos premiers ans vous consultiez la gloire,
Si vous daigniez, Seigneur, rappeler la mémoire
Des vertus d'Octavie indignes de ce prix,
Et de son chaste amour vainqueur de vos mépris,
Surtout si, de Junie évitant la présence,
Vous condamniez vos yeux à quelques jours d'absence :
Croyez-moi, quelque amour qui semble vous charmer,
On n'aime point, Seigneur, si l'on ne veut aimer.

NÉRON

Je vous croirai, Burrhus, lorsque dans les alarmes
Il faudra soutenir la gloire de nos armes,
Ou lorsque, plus tranquille, assis dans le sénat,
Il faudra décider du destin de l'État :
Je m'en reposerai sur votre expérience.
Mais, croyez-moi, l'amour est une autre science,
Burrhus, et je ferais quelque difficulté
D'abaisser jusque-là votre sévérité.
Adieu. Je souffre trop, éloigné de Junie.

1. C'est la conception stoïcienne de la passion.

Scène 2

BURRHUS, *seul.*

Enfin, Burrhus, Néron découvre son génie :
Cette férocité que tu croyais fléchir,
De tes faibles liens est prête à s'affranchir.
En quels excès peut-être elle va se répandre !
Ô dieux ! en ce malheur quel conseil dois-je prendre ?
Sénèque, dont les soins me devraient soulager,
Occupé loin de Rome, ignore ce danger.
Mais quoi ? si d'Agrippine excitant la tendresse
Je pouvais... La voici : mon bonheur me l'adresse.

Scène 3

AGRIPPINE, BURRHUS, ALBINE

AGRIPPINE

Eh bien ! je me trompais, Burrhus, dans mes soupçons ?
Et vous vous signalez par d'illustres leçons !
On exile Pallas, dont le crime peut-être
Est d'avoir à l'empire élevé votre maître.
Vous le savez trop bien : jamais, sans ses avis,
Claude qu'il gouvernait n'eût adopté mon fils.
Que dis-je ? À son épouse on donne une rivale ;
On affranchit Néron de la foi conjugale !
Digne emploi d'un ministre ennemi des flatteurs,
Choisi pour mettre un frein à ses jeunes ardeurs,
De les flatter lui-même, et nourrir dans son âme
Le mépris de sa mère et l'oubli de sa femme !

BURRHUS

Madame, jusqu'ici c'est trop tôt m'accuser.
L'empereur n'a rien fait qu'on ne puisse excuser.
N'imputez qu'à Pallas un exil nécessaire :
Son orgueil dès longtemps exigeait ce salaire,
Et l'empereur ne fait qu'accomplir à regret

Ce que toute la cour demandait en secret.
Le reste est un malheur qui n'est point sans ressource :
Des larmes d'Octavie on peut tarir la source.
Mais calmez vos transports. Par un chemin plus doux,
Vous lui pourrez plus tôt ramener son époux :
Les menaces, les cris le rendront plus farouche.

AGRIPPINE

Ah ! l'on s'efforce en vain de me fermer la bouche.
Je vois que mon silence irrite[1] vos dédains,
Et c'est trop respecter l'ouvrage de mes mains.
Pallas n'emporte pas tout l'appui d'Agrippine :
Le ciel m'en laisse assez pour venger ma ruine.
Le fils de Claudius commence à ressentir
Des crimes dont je n'ai que le seul repentir[2].
J'irai, n'en doutez point, le montrer à l'armée,
Plaindre aux yeux des soldats son enfance opprimée[3],
Leur faire, à mon exemple, expier leur erreur.
On verra d'un côté le fils d'un empereur
Redemandant la foi jurée à sa famille,
Et de Germanicus on entendra la fille ;
De l'autre, l'on verra le fils d'Ænobarbus,
Appuyé de Sénèque et du tribun Burrhus,
Qui tous deux, de l'exil rappelés par moi-même,
Partagent à mes yeux l'autorité suprême.
De nos crimes communs je veux qu'on soit instruit ;
On saura les chemins par où je l'ai conduit.
Pour rendre sa puissance et la vôtre odieuses,
J'avouerai les rumeurs les plus injurieuses :
Je confesserai tout, exils, assassinats,
Poison même...

BURRHUS

Madame, ils ne vous croiront pas.
Ils sauront récuser l'injuste stratagème

1. *irrite* : aggrave.
2. Le crime peut apporter à la fois profit et repentir ; Agrippine ne connaît que le second.
3. Allusion à la coutume de l'« acclamatio ».

D'un témoin irrité qui s'accuse lui-même.
Pour moi, qui le premier secondai vos desseins,
Qui fis même jurer l'armée entre ses mains,
Je ne me repens point de ce zèle sincère.
Madame, c'est un fils qui succède à son père.
En adoptant Néron, Claudius par son choix
De son fils et du vôtre a confondu les droits.
Rome l'a pu choisir. Ainsi, sans être injuste,
Elle choisit Tibère adopté par Auguste ;
Et le jeune Agrippa, de son sang descendu,
Se vit exclu du rang vainement prétendu.
Sur tant de fondements sa puissance établie
Par vous-même aujourd'hui ne peut être affaiblie :
Et s'il m'écoute encor, Madame, sa bonté
Vous en fera bientôt perdre la volonté.
J'ai commencé, je vais poursuivre mon ouvrage.

Scène 4

AGRIPPINE, ALBINE

ALBINE

Dans quel emportement la douleur vous engage,
Madame ! L'empereur puisse-t-il l'ignorer !

AGRIPPINE

Ah ! lui-même à mes yeux puisse-t-il se montrer !

ALBINE

Madame, au nom des dieux, cachez votre colère.
Quoi ? pour les intérêts de la sœur ou du frère,
Faut-il sacrifier le repos de vos jours ?
Contraindrez-vous César jusque dans ses amours ?

AGRIPPINE

Quoi ? tu ne vois donc pas jusqu'où l'on me ravale,
Albine ? C'est à moi qu'on donne une rivale.
Bientôt, si je ne romps ce funeste lien,

Ma place est occupée et je ne suis plus rien.
Jusqu'ici d'un vain titre Octavie honorée,
Inutile à la cour, en était ignorée.
Les grâces, les honneurs, par moi seule versés,
M'attiraient des mortels les vœux intéressés.
Une autre de César a surpris la tendresse :
Elle aura le pouvoir d'épouse et de maîtresse,
Le fruit de tant de soins, la pompe des Césars,
Tout deviendra le prix d'un seul de ses regards.
Que dis-je ? l'on m'évite, et déjà délaissée...
Ah ! je ne puis, Albine, en souffrir la pensée.
Quand je devrais du ciel hâter l'arrêt fatal[1],
Néron, l'ingrat Néron... Mais voici son rival.

Scène 5

BRITANNICUS, AGRIPPINE, NARCISSE, ALBINE

BRITANNICUS

Nos ennemis communs ne sont pas invincibles,
Madame, nos malheurs trouvent des cœurs sensibles.
Vos amis et les miens, jusqu'alors si secrets,
Tandis que nous perdions le temps en vains regrets,
Animés du courroux qu'allume l'injustice,
Viennent de confier leur douleur à Narcisse.
Néron n'est pas encor tranquille possesseur
De l'ingrate qu'il aime au mépris de ma sœur.
Si vous êtes toujours sensible à son injure,
On peut dans son devoir ramener le parjure.
La moitié du sénat s'intéresse pour nous :
Sylla, Pison, Plautus...

AGRIPPINE

Prince, que dites-vous ?
Sylla, Pison, Plautus[2] ! les chefs de la noblesse !

---

1. *hâter l'arrêt fatal* : me condamner à mourir avant l'heure.
2. Sylla est gendre de Claude, Pison conjurera contre Néron, Plautus sera condamné, en même temps que Sylla, en 62.

BRITANNICUS

Madame, je vois bien que ce discours vous blesse ;
Et que votre courroux, tremblant, irrésolu,
Craint déjà d'obtenir tout ce qu'il a voulu.
Non, vous avez trop bien établi ma disgrâce :
D'aucun ami pour moi ne redoutez l'audace.
Il ne m'en reste plus, et vos soins trop prudents
Les ont tous écartés ou séduits dès longtemps.

AGRIPPINE

Seigneur, à vos soupçons donnez moins de créance :
Notre salut dépend de notre intelligence.
J'ai promis, il suffit. Malgré vos ennemis,
Je ne révoque rien de ce que j'ai promis.
Le coupable Néron fuit en vain ma colère :
Tôt ou tard il faudra qu'il entende sa mère.
J'essaierai tour à tour la force et la douceur,
Ou moi-même, avec moi conduisant votre sœur,
J'irai semer partout ma crainte et ses alarmes,
Et ranger tous les cœurs du parti de ses larmes.
Adieu. J'assiégerai Néron de toutes parts.
Vous, si vous m'en croyez, évitez ses regards.

Scène 6

BRITANNICUS, NARCISSE

BRITANNICUS

Ne m'as-tu point flatté d'une fausse espérance ?
Puis-je sur ton récit fonder quelque assurance,
Narcisse ?

NARCISSE

Oui. Mais, Seigneur, ce n'est pas en ces lieux
Qu'il faut développer ce mystère à vos yeux.
Sortons. Qu'attendez-vous ?

BRITANNICUS

Ce que j'attends, Narcisse ?

Hélas !

NARCISSE

Expliquez-vous.

BRITANNICUS

Si par ton artifice,

Je pouvais revoir...

NARCISSE

Qui ?

BRITANNICUS

J'en rougis. Mais enfin

D'un cœur moins agité j'attendrais mon destin.

NARCISSE

Après tous mes discours, vous la croyez fidèle ?

BRITANNICUS

Non, je la crois, Narcisse, ingrate, criminelle,
Digne de mon courroux ; mais je sens, malgré moi,
Que je ne le crois pas autant que je le doi.
Dans ses égarements mon cœur opiniâtre
Lui prête des raisons, l'excuse, l'idolâtre[1].
Je voudrais vaincre enfin mon incrédulité,
Je la voudrais haïr avec tranquillité.
Et qui croira qu'un cœur si grand en apparence,
D'une infidèle cour ennemi dès l'enfance,
Renonce à tant de gloire, et dès le premier jour
Trame une perfidie inouïe à la cour ?

NARCISSE

Et qui sait si l'ingrate, en sa longue retraite,
N'a point de l'empereur médité la défaite ?
Trop sûre que ses yeux ne pouvaient se cacher,
Peut-être elle fuyait pour se faire chercher,

1. *l'idolâtre* : reprise sans doute ironique du verbe placé dans la bouche de Néron au v. 384.

Pour exciter Néron par la gloire pénible
De vaincre une fierté jusqu'alors invincible.

BRITANNICUS

Je ne la puis donc voir ?

NARCISSE

Seigneur, en ce moment
Elle reçoit les vœux de son nouvel amant.

BRITANNICUS

Eh bien ! Narcisse, allons. Mais que vois-je ? C'est elle.

NARCISSE, *à part.*

Ah ! dieux ! À l'empereur portons cette nouvelle.

Scène 7

BRITANNICUS, JUNIE

JUNIE

Retirez-vous, Seigneur, et fuyez un courroux
Que ma persévérance allume contre vous.
Néron est irrité. Je me suis échappée
Tandis qu'à l'arrêter[1] sa mère est occupée.
Adieu ; réservez-vous, sans blesser mon amour,
Au plaisir de me voir justifier un jour ;
Votre image sans cesse est présente à mon âme :
Rien ne l'en peut bannir.

BRITANNICUS

Je vous entends, Madame ;
Vous voulez que ma fuite assure vos désirs,
Que je laisse un champ libre à vos nouveaux soupirs.
Sans doute, en me voyant, une pudeur[2] secrète
Ne vous laisse goûter qu'une joie inquiète.
Eh bien ! il faut partir.

1. *l'arrêter* : retenir ses pas.
2. *pudeur* : honte.

JUNIE

Seigneur, sans m'imputer...

BRITANNICUS

Ah ! vous deviez du moins plus longtemps disputer.
Je ne murmure point qu'une amitié commune
Se range du parti que flatte la fortune ;
Que l'éclat d'un empire ait pu vous éblouir ;
Qu'aux dépens de ma sœur vous en vouliez jouir ;
Mais que de ces grandeurs comme une autre occupée
Vous m'en ayez paru si longtemps détrompée,
Non, je l'avoue encor, mon cœur désespéré
Contre ce seul malheur n'était point préparé.
J'ai vu sur ma ruine élever l'injustice ;
De mes persécuteurs j'ai vu le ciel complice ;
Tant d'horreurs n'avaient point épuisé son courroux,
Madame ; il me restait d'être oublié de vous.

JUNIE

Dans un temps plus heureux ma juste impatience
Vous ferait repentir de votre défiance.
Mais Néron vous menace : en ce pressant danger,
Seigneur, j'ai d'autres soins que de vous affliger.
Allez, rassurez-vous et cessez de vous plaindre :
Néron nous écoutait, et m'ordonnait de feindre.

BRITANNICUS

Quoi ? le cruel...

JUNIE

Témoin de tout notre entretien,
D'un visage sévère examinait le mien,
Prêt à faire sur vous éclater la vengeance
D'un geste confident de notre intelligence.

BRITANNICUS

Néron nous écoutait, Madame ! Mais, hélas !
Vos yeux auraient pu feindre et ne m'abuser pas ;
Ils pouvaient me nommer l'auteur de cet outrage.
L'amour est-il muet, ou n'a-t-il qu'un langage ?
De quel trouble un regard pouvait me préserver !
Il fallait...

JUNIE

Il fallait me taire et vous sauver.
Combien de fois, hélas ! puisqu'il faut vous le dire,
Mon cœur de son désordre allait-il vous instruire ?
De combien de soupirs interrompant le cours
Ai-je évité vos yeux que je cherchais toujours ?
Quel tourment de se taire en voyant ce qu'on aime,
De l'entendre gémir, de l'affliger soi-même,
Lorsque par un regard on peut le consoler !
Mais quels pleurs ce regard aurait-il fait couler !
Ah ! dans ce souvenir, inquiète, troublée,
Je ne me sentais pas assez dissimulée.
De mon front effrayé je craignais la pâleur,
Je trouvais mes regards trop pleins de ma douleur.
Sans cesse il me semblait que Néron en colère
Me venait reprocher trop de soin de vous plaire,
Je craignais mon amour vainement renfermé,
Enfin, j'aurais voulu n'avoir jamais aimé.
Hélas ! pour son bonheur, Seigneur, et pour le nôtre,
Il n'est que trop instruit de mon cœur et du vôtre[1] !
Allez, encore un coup, cachez-vous à ses yeux :
Mon cœur plus à loisir vous éclaircira mieux.
De mille autres secrets j'aurais compte à vous rendre.

BRITANNICUS

Ah ! n'en voilà que trop. C'est trop me faire entendre,
Madame, mon bonheur, mon crime, vos bontés.
Et savez-vous pour moi tout ce que vous quittez ?
Quand pourrai-je à vos pieds expier ce reproche ?

JUNIE

Que faites-vous ? Hélas ! votre rival s'approche.

1. Néron est informé de l'amour mutuel de Britannicus et de Junie ; c'est une confirmation de la sincérité de la jeune fille.

Scène 8

NÉRON, BRITANNICUS, JUNIE

NÉRON

Prince, continuez des transports si charmants.
Je conçois vos bontés par ses remerciements,
Madame. À vos genoux je viens de le surprendre,
Mais il aurait aussi quelque grâce à me rendre :
Ce lieu le favorise, et je vous y retiens
Pour lui faciliter de si doux entretiens.

BRITANNICUS

Je puis mettre à ses pieds ma douleur ou ma joie
Partout où sa bonté consent que je la voie ;
Et l'aspect de ces lieux où vous la retenez
N'a rien dont mes regards doivent être étonnés.

NÉRON

Et que vous montrent-ils qui ne vous avertisse
Qu'il faut qu'on me respecte et que l'on m'obéisse ?

BRITANNICUS

Ils ne nous ont pas vus l'un et l'autre élever,
Moi pour vous obéir et vous pour me braver,
Et ne s'attendaient pas, lorsqu'ils nous virent naître,
Qu'un jour Domitius me dût parler en maître.

NÉRON

Ainsi par le destin nos vœux sont traversés :
J'obéissais alors, et vous obéissez.
Si vous n'avez appris à vous laisser conduire,
Vous êtes jeune encore, et l'on peut vous instruire.

BRITANNICUS

Et qui m'en instruira ?

NÉRON

Tout l'empire à la fois,

Rome.

BRITANNICUS

Rome met-elle au nombre de vos droits
Tout ce qu'a de cruel l'injustice et la force,
Les emprisonnements, le rapt et le divorce ?

NÉRON

Rome ne porte point ses regards curieux
Jusque dans des secrets que je cache à ses yeux.
Imitez son respect.

BRITANNICUS

On sait ce qu'elle en pense.

NÉRON

Elle se tait du moins : imitez son silence.

BRITANNICUS

Ainsi, Néron commence à ne plus se forcer.

NÉRON

Néron de vos discours commence à se lasser.

BRITANNICUS

Chacun devait bénir le bonheur de son règne [1].

NÉRON

Heureux ou malheureux, il suffit qu'on me craigne.

BRITANNICUS

Je connais mal Junie ou de tels sentiments
Ne mériteront pas ses applaudissements.

NÉRON

Du moins, si je ne sais le secret de lui plaire,
Je sais l'art de punir un rival téméraire.

BRITANNICUS

Pour moi, quelque péril qui me puisse accabler,
Sa seule inimitié peut me faire trembler.

NÉRON

Souhaitez-la, c'est tout ce que je vous puis dire.

1. Nouvelle évocation des heureux commencements du règne de Néron.

BRITANNICUS

Le bonheur de lui plaire est le seul où j'aspire.

NÉRON

Elle vous l'a promis, vous lui plairez toujours.

BRITANNICUS

Je ne sais pas du moins épier ses discours.
Je la laisse expliquer sur tout ce qui me touche,
Et ne me cache point pour lui fermer la bouche.

NÉRON

Je vous entends. Eh bien, gardes !

JUNIE

Que faites-vous ?
C'est votre frère. Hélas ! C'est un amant jaloux ;
Seigneur, mille malheurs persécutent sa vie.
Ah ! son bonheur peut-il exciter votre envie ?
Souffrez que de vos cœurs rapprochant les liens,
Je me cache à vos yeux et me dérobe aux siens ;
Ma fuite arrêtera vos discordes fatales,
Seigneur, j'irai remplir[1] le nombre des vestales.
Ne lui disputez plus mes vœux infortunés,
Souffrez que les dieux seuls en soient importunés.

NÉRON

L'entreprise, Madame, est étrange et soudaine.
Dans son appartement, gardes, qu'on la ramène.
Gardez Britannicus dans celui de sa sœur.

BRITANNICUS

C'est ainsi que Néron sait disputer un cœur.

JUNIE

Prince, sans l'irriter, cédons à cet orage.

NÉRON

Gardes, obéissez sans tarder davantage.

1. *remplir* : enrichir, compléter.

Scène 9

NÉRON, BURRHUS

BURRHUS

Que vois-je ? Ô ciel !

NÉRON, *sans voir Burrhus.*

Ainsi leurs feux sont redoublés.
Je reconnais la main qui les a rassemblés.
Agrippine ne s'est présentée à ma vue,
Ne s'est dans ses discours si longtemps étendue,
Que pour faire jouer ce ressort odieux.
Qu'on sache si ma mère est encore en ces lieux.
Burrhus, dans ce palais je veux qu'on la retienne,
Et qu'au lieu de sa garde on lui donne la mienne.

BURRHUS

Quoi, Seigneur ? sans l'ouïr ? Une mère ?

NÉRON

Arrêtez.
J'ignore quel projet, Burrhus, vous méditez,
Mais depuis quelques jours tout ce que je désire
Trouve en vous un censeur prêt à me contredire.
Répondez-m'en, vous dis-je ; ou sur votre refus
D'autres me répondront et d'elle et de Burrhus.

ACTE IV

Scène première

AGRIPPINE, BURRHUS

BURRHUS

Oui, Madame, à loisir vous pourrez vous défendre :
César lui-même ici consent de vous entendre.
Si son ordre au palais vous a fait retenir,
C'est peut-être à dessein de vous entretenir.
Quoi qu'il en soit, si j'ose expliquer ma pensée,
Ne vous souvenez plus qu'il vous ait offensée :
Préparez-vous plutôt à lui tendre les bras ;
Défendez-vous, Madame, et ne l'accusez pas.
Vous voyez, c'est lui seul que la cour envisage.
Quoiqu'il soit votre fils, et même votre ouvrage,
Il est votre empereur. Vous êtes, comme nous,
Sujette à ce pouvoir qu'il a reçu de vous.
Selon qu'il vous menace, ou bien qu'il vous caresse,
La cour autour de vous ou s'écarte ou s'empresse.
C'est son appui qu'on cherche en cherchant votre appui.
Mais voici l'empereur.

AGRIPPINE

Qu'on me laisse avec lui.

Scène 2

NÉRON, AGRIPPINE

AGRIPPINE, *s'asseyant.*

Approchez-vous, Néron, et prenez votre place.
On veut sur vos soupçons que je vous satisfasse.
J'ignore de quel crime on a pu me noircir :
De tous ceux que j'ai faits je vais vous éclaircir.
Vous régnez : vous savez combien votre naissance
Entre l'empire et vous avait mis de distance.
Les droits de mes aïeux, que Rome a consacrés,
Étaient même sans moi d'inutiles degrés.
Quand de Britannicus la mère condamnée [1]
Laissa de Claudius disputer l'hyménée,
Parmi tant de beautés qui briguèrent son choix,
Qui de ses affranchis mendièrent les voix,
Je souhaitai son lit, dans la seule pensée
De vous laisser au trône où je serais placée.
Je fléchis mon orgueil, j'allai prier Pallas.
Son maître, chaque jour caressé dans mes bras,
Prit insensiblement dans les yeux de sa nièce
L'amour où je voulais amener sa tendresse.
Mais ce lien du sang qui nous joignait tous deux
Écartait Claudius d'un lit incestueux ;
Il n'osait épouser la fille de son frère.
Le sénat fut séduit : une loi moins sévère
Mit Claude dans mon lit, et Rome à mes genoux.
C'était beaucoup pour moi, ce n'était rien pour vous.
Je vous fis sur mes pas entrer dans sa famille :
Je vous nommai son gendre, et vous donnai sa fille ;
Silanus, qui l'aimait, s'en vit abandonné
Et marqua de son sang ce jour infortuné.
Ce n'était rien encore. Eussiez-vous pu prétendre
Qu'un jour Claude à son fils pût préférer son gendre ?

---

1. *de Britannicus la mère condamnée* : la condamnation de Messaline, mère de Britannicus.

De ce même Pallas j'implorai le secours :
Claude vous adopta, vaincu par ses discours,
Vous appela Néron [1], et du pouvoir suprême
Voulut, avant le temps, vous faire part lui-même.
C'est alors que chacun, rappelant le passé,
Découvrit mon dessein déjà trop avancé,
Que de Britannicus la disgrâce future
Des amis de son père excita le murmure.
Mes promesses aux uns éblouirent les yeux ;
L'exil me délivra des plus séditieux ;
Claude même, lassé de ma plainte éternelle,
Éloigna de son fils tous ceux de qui le zèle,
Engagé dès longtemps à suivre son destin,
Pouvait du trône encor lui rouvrir le chemin.
Je fis plus : je choisis moi-même dans ma suite
Ceux à qui je voulais qu'on livrât sa conduite ;
J'eus soin de vous nommer, par un contraire choix,
Des gouverneurs que Rome honorait de sa voix ;
Je fus sourde à la brigue, et crus la renommée :
J'appelai de l'exil, je tirai de l'armée,
Et ce même Sénèque, et ce même Burrhus,
Qui depuis... Rome alors estimait leurs vertus.
De Claude en même temps épuisant les richesses,
Ma main, sous votre nom, répandait ses largesses.
Les spectacles, les dons, invincibles appas,
Vous attiraient les cœurs du peuple et des soldats,
Qui d'ailleurs, réveillant leur tendresse première,
Favorisaient en vous Germanicus mon père.
Cependant Claudius penchait vers son déclin.
Ses yeux, longtemps fermés, s'ouvrirent à la fin :
Il connut son erreur. Occupé de sa crainte,
Il laissa pour son fils échapper quelque plainte,
Et voulut, mais trop tard, assembler ses amis.
Ses gardes, son palais, son lit m'étaient soumis.
Je lui laissai sans fruit consumer sa tendresse ;
De ses derniers soupirs je me rendis maîtresse ;

1. Néron est le « cognomen » de la gens Claudia.

Mes soins, en apparence épargnant ses douleurs,
De son fils, en mourant, lui cachèrent les pleurs.
Il mourut. Mille bruits en courent à ma honte.
J'arrêtai de sa mort la nouvelle trop prompte,
Et tandis que Burrhus allait secrètement
De l'armée en vos mains exiger le serment,
Que vous marchiez au camp, conduit sous mes auspices,
Dans Rome les autels fumaient de sacrifices :
Par mes ordres trompeurs tout le peuple excité
Du prince déjà mort demandait la santé.
Enfin des légions l'entière obéissance
Ayant de votre empire affermi la puissance,
On vit Claude[1], et le peuple, étonné de son sort,
Apprit en même temps votre règne et sa mort.
C'est le sincère aveu que je voulais vous faire.
Voilà tous mes forfaits. En voici le salaire.
Du fruit de tant de soins à peine jouissant
En avez-vous six mois paru reconnaissant,
Que lassé d'un respect qui vous gênait peut-être,
Vous avez affecté de ne me plus connaître.
J'ai vu Burrhus, Sénèque, aigrissant vos soupçons,
De l'infidélité vous tracer des leçons,
Ravis d'être vaincus dans leur propre science.
J'ai vu favorisés de votre confiance
Othon, Sénécion, jeunes voluptueux[2],
Et de tous vos plaisirs flatteurs respectueux ;
Et lorsque, vos mépris excitant mes murmures,
Je vous ai demandé raison de tant d'injures,
Seul recours d'un ingrat qui se voit confondu,
Par de nouveaux affronts vous m'avez répondu.
Aujourd'hui je promets Junie à votre frère,
Ils se flattent tous deux du choix de votre mère :
Que faites-vous ? Junie, enlevée à la cour,
Devient en une nuit l'objet de votre amour ;

1. *On vit Claude* : c'est-à-dire son cadavre.

2. Othon et Sénécion ont été les camarades de Néron dans ses débauches.

Je vois de votre cœur Octavie effacée,
Prête à sortir du lit où je l'avais placée ;
Je vois Pallas banni, votre frère arrêté ;
Vous attentez enfin jusqu'à ma liberté :
Burrhus ose sur moi porter ses mains hardies.
Et lorsque, convaincu de tant de perfidies,
Vous deviez ne me voir que pour les expier,
C'est vous qui m'ordonnez de me justifier.

NÉRON

Je me souviens toujours que je vous dois l'empire,
Et sans vous fatiguer du soin de le redire,
Votre bonté, Madame, avec tranquillité
Pouvait se reposer sur ma fidélité.
Aussi bien ces soupçons, ces plaintes assidues,
Ont fait croire à tous ceux qui les ont entendues
Que jadis (j'ose ici vous le dire entre nous)
Vous n'aviez, sous mon nom, travaillé que pour vous.
« Tant d'honneurs, disaient-ils, et tant de déférences,
« Sont-ce de ses bienfaits de faibles récompenses ?
« Quel crime a donc commis ce fils tant condamné ?
« Est-ce pour obéir qu'elle l'a couronné ?
« N'est-il de son pouvoir que le dépositaire ? »
Non que, si jusque-là j'avais pu vous complaire,
Je n'eusse pris plaisir, Madame, à vous céder
Ce pouvoir que vos cris semblaient redemander ;
Mais Rome veut un maître, et non une maîtresse.
Vous entendiez les bruits qu'excitait ma faiblesse.
Le sénat chaque jour et le peuple, irrités
De s'ouïr par ma voix dicter vos volontés,
Publiaient qu'en mourant Claude avec sa puissance
M'avait encor laissé sa simple obéissance.
Vous avez vu cent fois nos soldats en courroux
Porter en murmurant leurs aigles[1] devant vous,
Honteux de rabaisser par cet indigne usage
Les héros dont encore elles portent l'image.

1. *leurs aigles* : leurs enseignes militaires.

Toute autre se serait rendue à leurs discours,
Mais si vous ne régnez, vous vous plaignez toujours.
Avec Britannicus contre moi réunie,
Vous le fortifiez du parti de Junie,
Et la main de Pallas trame tous ces complots.
Et lorsque malgré moi j'assure mon repos,
On vous voit de colère et de la haine animée.
Vous voulez présenter mon rival à l'armée :
Déjà jusques au camp le bruit en a couru.

AGRIPPINE

Moi, le faire empereur ? Ingrat ! l'avez-vous cru ?
Quel serait mon dessein ? qu'aurais-je pu prétendre ?
Quels honneurs dans sa cour, quel rang pourrais-je [attendre ?
Ah ! si sous votre empire on ne m'épargne pas,
Si mes accusateurs observent tous mes pas,
Si de leur empereur ils poursuivent la mère,
Que ferais-je au milieu d'une cour étrangère ?
Ils me reprocheraient, non des cris impuissants,
Des desseins étouffés aussitôt que naissants,
Mais des crimes pour vous commis à votre vue,
Et dont je ne serais que trop tôt convaincue.
Vous ne me trompez point, je vois tous vos détours :
Vous êtes un ingrat, vous le fûtes toujours.
Dès vos plus jeunes ans, mes soins et mes tendresses
N'ont arraché de vous que de feintes caresses.
Rien ne vous a pu vaincre, et votre dureté
Aurait dû dans son cours arrêter ma bonté.
Que je suis malheureuse ! Et par quelle infortune
Faut-il que tous mes soins me rendent importune ?
Je n'ai qu'un fils. Ô ciel, qui m'entends aujourd'hui,
T'ai-je fait quelques vœux qui ne fussent pour lui ?
Remords, crainte, périls, rien ne m'a retenue ;
J'ai vaincu ses mépris ; j'ai détourné ma vue
Des malheurs qui dès lors me furent annoncés ;
J'ai fait ce que j'ai pu : vous régnez, c'est assez.
Avec ma liberté que vous m'avez ravie,

Si vous le souhaitez prenez encor ma vie,
Pourvu que par ma mort tout le peuple irrité
Ne vous ravisse pas ce qui m'a tant coûté[1].

NÉRON

Eh bien donc ! prononcez[2]. Que voulez-vous qu'on
[fasse ?

AGRIPPINE

De mes accusateurs qu'on punisse l'audace ;
Que de Britannicus on calme le courroux ;
Que Junie à son choix puisse prendre un époux ;
Qu'ils soient libres tous deux, et que Pallas demeure ;
Que vous me permettiez de vous voir à toute heure ;
Que ce même Burrhus, qui nous vient écouter[3],
À votre porte enfin n'ose plus m'arrêter[4].

NÉRON

Oui, Madame, je veux que ma reconnaissance
Désormais dans les cœurs grave votre puissance,
Et je bénis déjà cette heureuse froideur,
Qui de notre amitié va rallumer l'ardeur.
Quoi que Pallas ait fait, il suffit, je l'oublie,
Avec Britannicus je me réconcilie,
Et quant à cet amour qui nous a séparés,
Je vous fais notre arbitre, et vous nous jugerez.
Allez donc, et portez cette joie à mon frère.
Gardes, qu'on obéisse aux ordres de ma mère.

Scène 3

NÉRON, BURRHUS

BURRHUS

Que cette paix, Seigneur, et ces embrassements
Vont offrir à mes yeux des spectacles charmants !

---

1. *ce qui m'a tant coûté* : l'accession de Néron au trône impérial.
2. *prononcez* : donnez votre sentence.
3. Indication de jeu de scène : Burrhus entre.
4. Rappel de la deuxième scène de la tragédie.

Vous savez si jamais ma voix lui fut contraire,
Si de son amitié j'ai voulu vous distraire,
Et si j'ai mérité cet injuste courroux[1].

NÉRON

Je ne vous flatte point, je me plaignais de vous,
Burrhus : je vous ai crus tous deux d'intelligence,
Mais son inimitié vous rend ma confiance.
Elle se hâte trop, Burrhus, de triompher :
J'embrasse mon rival, mais c'est pour l'étouffer.

BURRHUS

Quoi, Seigneur ?

NÉRON

C'en est trop : il faut que sa ruine[2]
Me délivre à jamais des fureurs d'Agrippine.
Tant qu'il respirera je ne vis qu'à demi.
Elle m'a fatigué de ce nom ennemi ;
Et je ne prétends pas que sa coupable audace
Une seconde fois lui promette ma place.

BURRHUS

Elle va donc bientôt pleurer Britannicus ?

NÉRON

Avant la fin du jour je ne le craindrai plus.

BURRHUS

Et qui de ce dessein vous inspire l'envie ?

NÉRON

Ma gloire, mon amour, ma sûreté, ma vie.

BURRHUS

Non, quoi que vous disiez, cet horrible dessein
Ne fut jamais, Seigneur, conçu dans votre sein[3].

---

1. *cet injuste courroux* : celui qu'elle vient de manifester.
2. *sa ruine* : sa mort.
3. Les yeux de l'honnête Burrhus sont lents à se dessiller.

NÉRON

Burrhus !

BURRHUS

De votre bouche, ô ciel ! puis-je l'apprendre ?
Vous-même sans frémir avez-vous pu l'entendre ?
Songez-vous dans quel sang vous allez vous baigner ?
Néron dans tous les cœurs est-il las de régner ?
Que dira-t-on de vous ? Quelle est votre pensée ?

NÉRON

Quoi ? toujours enchaîné de ma gloire passée,
J'aurai devant les yeux je ne sais quel amour [1]
Que le hasard nous donne et nous ôte en un jour ?
Soumis à tous leurs vœux, à mes désirs contraire,
Suis-je leur empereur seulement pour leur plaire ?

BURRHUS

Et ne suffit-il pas, Seigneur, à vos souhaits
Que le bonheur public soit un de vos bienfaits ?
C'est à vous à choisir, vous êtes encor maître.
Vertueux jusqu'ici, vous pouvez toujours l'être :
Le chemin est tracé, rien ne vous retient plus ;
Vous n'avez qu'à marcher de vertus en vertus.
Mais si de vos flatteurs vous suivez la maxime,
Il vous faudra, Seigneur, courir de crime en crime,
Soutenir vos rigueurs par d'autres cruautés,
Et laver dans le sang vos bras ensanglantés.
Britannicus mourant [2] excitera le zèle
De ses amis, tout prêts à prendre sa querelle [3].
Ces vengeurs trouveront de nouveaux défenseurs,
Qui, même après leur mort, auront des successeurs.
Vous allumez un feu qui ne pourra s'éteindre.
Craint de tout l'univers, il vous faudra tout craindre [4],
Toujours punir, toujours trembler dans vos projets,

1. *je ne sais quel amour* : celui du peuple.
2. *Britannicus mourant* : la mort de Britannicus.
3. *prendre sa querelle* : embrasser sa cause.
4. Quasi-citation d'un vers célèbre de *Cinna* (IV, 2).

Et pour vos ennemis compter tous vos sujets.
Ah ! de vos premiers ans l'heureuse expérience
Vous fait-elle, Seigneur, haïr votre innocence ?
Songez-vous au bonheur qui les a signalés ?
Dans quel repos, ô ciel ! les avez-vous coulés !
Quel plaisir de penser et de dire en vous-même :
« Partout, en ce moment, on me bénit, on m'aime ;
« On ne voit point le peuple à mon nom s'alarmer ;
« Le ciel dans tous leurs pleurs ne m'entend point [nommer ;
« Leur sombre inimitié ne fuit point mon visage ;
« Je vois voler partout les cœurs à mon passage ! »
Tels étaient vos plaisirs. Quel changement, ô dieux !
Le sang le plus abject vous était précieux.
Un jour[1], il m'en souvient, le sénat équitable
Vous pressait de souscrire à la mort d'un coupable ;
Vous résistiez, Seigneur, à leur sévérité ;
Votre cœur s'accusait de trop de cruauté,
Et plaignant les malheurs attachés à l'empire :
« Je voudrais, disiez-vous, ne savoir pas écrire. »
Non, ou vous me croirez, ou bien de ce malheur
Ma mort m'épargnera la vue et la douleur :
On ne me verra point survivre à votre gloire ;
Si vous allez commettre une action si noire,

(Il se jette à genoux.)

Me voilà prêt, Seigneur : avant que de partir,
Faites percer ce cœur qui n'y peut consentir ;
Appelez les cruels qui vous l'ont inspirée,
Qu'ils viennent essayer leur main mal assurée...
Mais je vois que mes pleurs touchent mon empereur,
Je vois que sa vertu frémit de leur fureur.
Ne perdez point de temps, nommez-moi les perfides
Qui vous osent donner ces conseils parricides ;
Appelez votre frère, oubliez dans ses bras...

1. Anecdote présente chez Tacite (*Annales*, XIII, 11) et Suétone (*Vies*, VI, 10).

NÉRON

Ah ! que demandez-vous ?

BURRHUS

Non, il ne vous hait pas,
Seigneur ; on le trahit : je sais son innocence ;
Je vous réponds pour lui de son obéissance.
J'y cours. Je vais presser un entretien si doux.

NÉRON

Dans mon appartement qu'il m'attende avec vous.

Scène 4

NÉRON, NARCISSE

NARCISSE

Seigneur, j'ai tout prévu pour une mort si juste.
Le poison est tout prêt. La fameuse Locuste[1]
A redoublé pour moi ses soins officieux :
Elle a fait expirer un esclave à mes yeux ;
Et le fer est moins prompt pour trancher une vie
Que le nouveau poison que sa main me confie.

NÉRON

Narcisse, c'est assez ; je reconnais ce soin,
Et ne souhaite pas que vous alliez plus loin.

NARCISSE

Quoi ? pour Britannicus votre haine affaiblie
Me défend...

NÉRON

Oui, Narcisse : on nous réconcilie.

NARCISSE

Je me garderai bien de vous en détourner,
Seigneur. Mais il s'est vu tantôt[2] emprisonner :

---

1. Locuste est présente dans les *Annales* de Tacite (XII, 66, et XIII, 15).
2. *tantôt* : aujourd'hui même.

Cette offense en son cœur sera longtemps nouvelle[1].
Il n'est point de secrets que le temps ne révèle :
Il saura que ma main lui devait présenter
Un poison que votre ordre avait fait apprêter.
Les dieux de ce dessein[2] puissent-ils le distraire !
Mais peut-être il fera ce que vous n'osez faire.

NÉRON

On[3] répond de son cœur, et je vaincrai le mien.

NARCISSE

Et l'hymen de Junie en est-il le lien[4] ?
Seigneur, lui faites-vous encor ce sacrifice ?

NÉRON

C'est prendre trop de soin. Quoi qu'il en soit, Narcisse,
Je ne le compte plus parmi mes ennemis.

NARCISSE

Agrippine, Seigneur, se l'était bien promis :
Elle a repris sur vous son souverain empire.

NÉRON

Quoi donc ? Qu'a-t-elle dit ? Et que voulez-vous dire ?

NARCISSE

Elle s'en est vantée assez publiquement[5].

NÉRON

De quoi ?

NARCISSE

Qu'elle n'avait qu'à vous voir un moment,
Qu'à tout ce grand éclat, à ce courroux funeste,
On verrait succéder un silence modeste ;
Que vous-même à la paix souscririez le premier,
Heureux que sa bonté daignât tout oublier.

---

1. *nouvelle* : aussi sensible qu'au premier jour.
2. *ce dessein* : celui qu'évoque le vers suivant.
3. *On* : Agrippine et Burrhus.
4. *en est-il le lien* : scelle-t-il la réconciliation évoquée au vers précédent ?
5. Allusion à la scène 5 du troisième acte.

NÉRON

Mais, Narcisse, dis-moi, que veux-tu que je fasse ?
Je n'ai que trop de pente à punir son audace,
Et si je m'en croyais, ce triomphe indiscret
Serait bientôt suivi d'un éternel regret.
Mais de tout l'univers quel sera le langage ?
Sur les pas des tyrans veux-tu que je m'engage,
Et que Rome, effaçant tant de titres d'honneur,
Me laisse pour tous noms celui d'empoisonneur ?
Ils[1] mettront ma vengeance au rang des parricides.

NARCISSE

Et prenez-vous, Seigneur, leurs caprices pour guides ?
Avez-vous prétendu qu'ils se tairaient toujours ?
Est-ce à vous de prêter l'oreille à leurs discours ?
De vos propres désirs perdrez-vous la mémoire ?
Et serez-vous le seul que vous n'oserez croire ?
Mais, Seigneur, les Romains ne vous sont pas connus.
Non, non, dans leurs discours ils sont plus retenus.
Tant de précaution affaiblit votre règne :
Ils croiront, en effet, mériter qu'on les craigne.
Au joug, depuis longtemps, ils se sont façonnés :
Ils adorent la main qui les tient enchaînés.
Vous les verrez toujours ardents à vous complaire.
Leur prompte servitude a fatigué Tibère.
Moi-même, revêtu d'un pouvoir emprunté,
Que je reçus de Claude avec la liberté,
J'ai cent fois, dans le cours de ma gloire passée,
Tenté[2] leur patience, et ne l'ai point lassée.
D'un empoisonnement vous craignez la noirceur ?
Faites périr le frère, abandonnez la sœur ;
Rome, sur ses autels prodiguant les victimes,
Fussent-ils innocents, leur trouvera des crimes ;
Vous verrez mettre au rang des jours infortunés
Ceux où jadis la sœur et le frère sont nés.

---

1. *Ils* : les Romains.
2. *Tenté* : éprouvé.

NÉRON

Narcisse, encore un coup, je ne puis l'entreprendre.
J'ai promis à Burrhus, il a fallu me rendre.
Je ne veux point encore, en lui manquant de foi,
Donner à sa vertu des armes contre moi.
J'oppose à ses raisons un courage inutile :
Je ne l'écoute point avec un cœur tranquille.

NARCISSE

Burrhus ne pense pas, Seigneur, tout ce qu'il dit :
Son adroite vertu ménage son crédit.
Ou plutôt ils n'ont tous qu'une même pensée :
Ils verraient par ce coup leur puissance abaissée ;
Vous seriez libre alors, Seigneur ; et devant vous,
Ces maîtres orgueilleux fléchiraient comme nous.
Quoi donc ? ignorez-vous tout ce qu'ils osent dire ?
« Néron, s'ils en sont crus, n'est point né pour l'empire ;
« Il ne dit, il ne fait que ce qu'on lui prescrit :
« Burrhus conduit son cœur, Sénèque son esprit.
« Pour toute ambition, pour vertu singulière,
« Il excelle à conduire un char dans la carrière,
« À disputer des prix indignes de ses mains,
« À se donner lui-même en spectacle aux Romains,
« À venir prodiguer sa voix sur un théâtre,
« À réciter des chants qu'il veut qu'on idolâtre,
« Tandis que des soldats, de moments en moments,
« Vont arracher pour lui les applaudissements. »
Ah ! ne voulez-vous pas les forcer à se taire ?

NÉRON

Viens, Narcisse : allons voir ce que nous devons faire.

ACTE V

Scène première

BRITANNICUS, JUNIE

BRITANNICUS

Oui, Madame, Néron (qui l'aurait pu penser ?)
Dans son appartement m'attend pour m'embrasser[1].
Il y fait de sa cour inviter la jeunesse :
Il veut que d'un festin la pompe et l'allégresse
Confirment à leurs yeux la foi de nos serments,
Et réchauffent l'ardeur de nos embrassements.
Il éteint cet amour, source de tant de haine,
Il vous fait de mon sort arbitre souveraine.
Pour moi, quoique banni du rang de mes aïeux,
Quoique de leur dépouille il se pare à mes yeux,
Depuis qu'à mon amour cessant d'être contraire
Il semble me céder la gloire de vous plaire,
Mon cœur, je l'avouerai, lui pardonne en secret,
Et lui laisse le reste avec moins de regret.
Quoi ! je ne serai plus séparé de vos charmes ?
Quoi ! même en ce moment, je puis voir sans alarmes
Ces yeux que n'ont émus ni soupirs ni terreur,
Qui m'ont sacrifié l'empire et l'empereur !
Ah ! Madame... Mais quoi ? Quelle nouvelle crainte
Tient parmi mes transports votre joie en contrainte ?
D'où vient qu'en m'écoutant, vos yeux, vos tristes yeux,

1. Rappel de la promesse de Néron à sa mère (IV, 2) et à Burrhus (IV, 3) et évocation de sa probable transmission entre les actes IV et V.

Avec de longs regards se tournent vers les cieux ?
Qu'est-ce que vous craignez ?

JUNIE

Je l'ignore moi-même ;
Mais je crains.

BRITANNICUS

Vous m'aimez ?

JUNIE

Hélas ! si je vous aime ?

BRITANNICUS

Néron ne trouble plus notre félicité.

JUNIE

Mais me répondez-vous de sa sincérité ?

BRITANNICUS

Quoi ? vous le soupçonnez d'une haine couverte [1] ?

JUNIE

Néron m'aimait tantôt, il jurait votre perte ;
Il me fuit, il vous cherche : un si grand changement
Peut-il être, Seigneur, l'ouvrage d'un moment ?

BRITANNICUS

Cet ouvrage, Madame, est un coup d'Agrippine :
Elle a cru que ma perte entraînait sa ruine.
Grâce aux préventions de son esprit jaloux,
Nos plus grands ennemis ont combattu pour nous.
Je m'en fie aux transports qu'elle m'a fait paraître ;
Je m'en fie à Burrhus ; j'en crois même son maître :
Je crois qu'à mon exemple impuissant à trahir,
Il hait à cœur ouvert, ou cesse de haïr.

JUNIE

Seigneur, ne jugez pas de son cœur par le vôtre :
Sur des pas différents vous marchez l'un et l'autre.
Je ne connais Néron et la cour que d'un jour,

---

1. *couverte* : cachée, dissimulée (voir l'emploi du verbe « couvrir » au v. 1542 et déjà au v. 346).

Mais, si j'ose le dire, hélas ! dans cette cour
Combien tout ce qu'on dit est loin de ce qu'on pense !
Que la bouche et le cœur sont peu d'intelligence !
Avec combien de joie on y trahit sa foi !
Quel séjour étranger et pour vous et pour moi !

BRITANNICUS

Mais que son amitié soit véritable ou feinte,
Si vous craignez Néron, lui-même est-il sans crainte ?
Non, non, il n'ira point, par un lâche attentat,
Soulever contre lui le peuple et le sénat.
Que dis-je ? Il reconnaît sa dernière injustice.
Ses remords ont paru même aux yeux de Narcisse.
Ah ! s'il vous avait dit, ma Princesse, à quel point...

JUNIE

Mais, Narcisse, Seigneur, ne vous trahit-il point ?

BRITANNICUS

Et pourquoi voulez-vous que mon cœur s'en défie ?

JUNIE

Et que sais-je ? Il y va, Seigneur, de votre vie.
Tout m'est suspect : je crains que tout ne soit séduit.
Je crains Néron, je crains le malheur qui me suit [1].
D'un noir pressentiment malgré moi prévenue,
Je vous laisse à regret éloigner de ma vue.
Hélas ! si cette paix dont vous vous repaissez
Couvrait contre vos jours quelques pièges dressés !
Si Néron, irrité de notre intelligence [2],
Avait choisi la nuit pour cacher sa vengeance !
S'il préparait ses coups tandis que je vous vois !
Et si je vous parlais pour la dernière fois !
Ah ! Prince !

BRITANNICUS

Vous pleurez ! Ah ! ma chère Princesse !
Et pour moi jusque-là votre cœur s'intéresse ?

1. Thème de la « fiancée des ténèbres » présent dans les diverses tragédies de *Sophonisbe*.
2. *intelligence* : bon accord.

Quoi, Madame ? en un jour où plein de sa grandeur
Néron croit éblouir vos yeux de sa splendeur,
Dans des lieux où chacun me fuit et le révère,
Aux pompes de sa cour préférer ma misère ?
Quoi ? dans ce même jour et dans ces mêmes lieux,
Refuser un empire et pleurer à mes yeux ?
Mais, Madame, arrêtez ces précieuses larmes :
Mon retour va bientôt dissiper vos alarmes.
Je me rendrais suspect par un plus long séjour.
Adieu. Je vais, le cœur tout plein de mon amour,
Au milieu des transports [1] d'une aveugle jeunesse,
Ne voir, n'entretenir que ma belle Princesse.
Adieu.

JUNIE

Prince...

BRITANNICUS

On m'attend, Madame, il faut partir.

JUNIE

Mais du moins attendez qu'on vous vienne avertir.

Scène 2

AGRIPPINE, BRITANNICUS, JUNIE

AGRIPPINE

Prince, que tardez-vous ? Partez en diligence :
Néron impatient se plaint de votre absence.
La joie, et le plaisir, de tous les conviés
Attend pour éclater que vous vous embrassiez.
Ne faites point languir une si juste envie ;
Allez. Et nous, Madame, allons chez Octavie.

1. *transports* : évocation des excès auxquels se livraient les convives de certains banquets romains.

BRITANNICUS

Allez, belle Junie, et d'un esprit content,
Hâtez-vous d'embrasser ma sœur qui vous attend.
Dès que je le pourrai, je reviens sur vos traces,
Madame[1], et de vos soins j'irai vous rendre grâces.

Scène 3

AGRIPPINE, JUNIE

AGRIPPINE

Madame, ou je me trompe, ou durant vos adieux,
Quelques pleurs répandus ont obscurci vos yeux.
Puis-je savoir quel trouble a formé ce nuage ?
Doutez-vous d'une paix dont je fais mon ouvrage ?

JUNIE

Après tous les ennuis que ce jour m'a coûtés,
Ai-je pu rassurer mes esprits agités ?
Hélas ! à peine encor je conçois ce miracle.
Quand même à vos bontés je craindrais quelque [obstacle,
Le changement, Madame, est commun à la cour,
Et toujours quelque crainte accompagne l'amour.

AGRIPPINE

Il suffit. J'ai parlé, tout a changé de face.
Mes soins à vos soupçons ne laissent point de place.
Je réponds d'une paix jurée entre mes mains,
Néron m'en a donné des gages trop certains[2].
Ah ! si vous aviez vu par combien de caresses
Il m'a renouvelé la foi de ses promesses !
Par quels embrassements il vient de m'arrêter[3] !
Ses bras, dans nos adieux, ne pouvaient me quitter.

1. *Madame* : Britannicus s'adresse à Agrippine.
2. Rappel de la scène 2 de l'acte IV.
3. *m'arrêter* : rappel, sans doute ironique, du v. 960.

Sa facile[1] bonté, sur son front répandue,
Jusqu'aux moindres secrets est d'abord descendue :
Il s'épanchait en fils qui vient en liberté
Dans le sein de sa mère oublier sa fierté,
Mais bientôt, reprenant un visage sévère,
Tel que d'un empereur qui consulte sa mère,
Sa confidence auguste a mis entre mes mains
Des secrets d'où dépend le destin des humains.
Non, il le faut ici confesser à sa gloire,
Son cœur n'enferme point une malice noire,
Et nos seuls ennemis, altérant sa bonté,
Abusaient contre nous de sa facilité.
Mais enfin, à son tour, leur puissance décline ;
Rome encore une fois va connaître Agrippine ;
Déjà de ma faveur on adore le bruit.
Cependant en ces lieux n'attendons pas la nuit :
Passons chez Octavie, et donnons-lui le reste
D'un jour autant heureux que je l'ai cru funeste.
Mais qu'est-ce que j'entends ? Quel tumulte confus ?
Que peut-on faire ?

JUNIE

Ô ciel ! sauvez Britannicus !

Scène 4

AGRIPPINE, JUNIE, BURRHUS

AGRIPPINE

Burrhus, où courez-vous ? Arrêtez. Que veut dire...

BURRHUS

Madame, c'en est fait, Britannicus expire.

1. *facile* : aimable, complaisante (voir, au v. 1602, l'emploi du substantif « facilité »).

JUNIE

Ah ! mon Prince !

AGRIPPINE

Il expire ?

BURRHUS

Ou plutôt il est mort,
Madame.

JUNIE

Pardonnez, Madame, à ce transport.
Je vais le secourir, si je puis, ou le suivre.

Scène 5

AGRIPPINE, BURRHUS

AGRIPPINE

Quel attentat, Burrhus !

BURRHUS

Je n'y pourrai survivre,
Madame : il faut quitter la cour et l'empereur.

AGRIPPINE

Quoi ? du sang de son frère il n'a point eu d'horreur ?

BURRHUS

Ce dessein s'est conduit avec plus de mystère.
À peine l'empereur a vu venir son frère,
Il se lève, il l'embrasse, on se tait, et soudain
César prend le premier une coupe à la main :
« Pour achever ce jour sous de meilleurs auspices,
« Ma main de cette coupe épanche les prémices,
« Dit-il ; dieux, que j'appelle à cette effusion,
« Venez favoriser notre réunion. »
Par les mêmes serments Britannicus se lie.
La coupe dans ses mains par Narcisse est remplie,
Mais ses lèvres à peine en ont touché les bords...

Le fer ne produit point de si puissants efforts[1],
Madame : la lumière à ses yeux est ravie,
Il tombe sur son lit sans chaleur et sans vie.
Jugez combien ce coup frappe tous les esprits :
La moitié s'épouvante et sort avec des cris,
Mais ceux qui de la cour ont un plus long usage
Sur les yeux de César composent leur visage.
Cependant sur son lit il demeure penché ;
D'aucun étonnement il ne paraît touché :
« Ce mal[2], dont vous craignez, dit-il, la violence
« A souvent, sans péril, attaqué son enfance. »
Narcisse veut en vain affecter quelque ennui,
Et sa perfide joie éclate malgré lui.
Pour moi, dût l'empereur punir ma hardiesse,
D'une odieuse cour j'ai traversé la presse,
Et j'allais, accablé de cet assassinat,
Pleurer Britannicus, César et tout l'État.

AGRIPPINE

Le voici. Vous verrez si c'est moi qui l'inspire.

Scène 6

NÉRON, AGRIPPINE, BURRHUS, NARCISSE

NÉRON, *voyant Agrippine.*

Dieux !

AGRIPPINE

Arrêtez, Néron : j'ai deux mots à vous dire.
Britannicus est mort, je reconnais les coups,
Je connais l'assassin.

NÉRON

Et qui, Madame ?

1. Rappel des vers 1395-1396.
2. *Ce mal* : l'épilepsie, le « mal des comices ».

AGRIPPINE

Vous.

NÉRON

Moi ! Voilà les soupçons dont vous êtes capable.
Il n'est point de malheur dont je ne sois coupable,
Et si l'on veut, Madame, écouter vos discours,
Ma main de Claude même aura tranché les jours.
Son fils vous était cher ; sa mort peut vous confondre,
Mais des coups du destin je ne puis pas répondre.

AGRIPPINE

Non, non, Britannicus est mort empoisonné :
Narcisse a fait le coup, vous l'avez ordonné.

NÉRON

Madame !... Mais qui peut vous tenir ce langage ?

NARCISSE

Hé ! Seigneur, ce soupçon vous fait-il tant d'outrage ?
Britannicus, Madame, eut des desseins secrets
Qui vous auraient coûté de plus justes regrets.
Il aspirait plus loin qu'à l'hymen de Junie ;
De vos propres bontés il vous aurait punie.
Il vous trompait vous-même, et son cœur offensé
Prétendait tôt ou tard rappeler le passé.
Soit donc que malgré vous le sort vous ait servie,
Soit qu'instruit des complots qui menaçaient sa vie,
Sur ma fidélité César s'en soit remis,
Laissez les pleurs, Madame, à vos seuls ennemis ;
Qu'ils mettent ce malheur au rang des plus sinistres.
Mais vous...

AGRIPPINE

Poursuis, Néron ; avec de tels ministres,
Par des faits glorieux tu te vas signaler [1].
Poursuis. Tu n'as pas fait ce pas pour reculer.
Ta main a commencé par le sang de ton frère ;
Je prévois que tes coups viendront jusqu'à ta mère.

1. Antiphrase à valeur ironique.

Dans le fond de ton cœur, je sais que tu me hais ;
Tu voudras t'affranchir du joug de mes bienfaits.
Mais je veux que ma mort te soit même inutile ;
Ne crois pas qu'en mourant je te laisse tranquille.
Rome, ce ciel, ce jour que tu reçus de moi,
Partout, à tout moment, m'offriront devant toi.
Tes remords te suivront comme autant de furies,
Tu croiras les calmer par d'autres barbaries :
Ta fureur, s'irritant soi-même dans son cours,
D'un sang toujours nouveau marquera tous tes jours.
Mais j'espère qu'enfin le ciel, las de tes crimes,
Ajoutera ta perte à tant d'autres victimes,
Qu'après t'être couvert de leur sang et du mien,
Tu te verras forcé de répandre le tien,
Et ton nom paraîtra dans la race future,
Aux plus cruels tyrans une cruelle injure.
Voilà ce que mon cœur se présage de toi[1].
Adieu. Tu peux sortir.

NÉRON

Narcisse, suivez-moi.

Scène 7

AGRIPPINE, BURRHUS

AGRIPPINE

Ah ciel ! de mes soupçons quelle était l'injustice !
Je condamnais Burrhus pour écouter Narcisse.
Burrhus, avez-vous vu quels regards furieux
Néron en me quittant m'a laissés pour adieux ?
C'en est fait, le cruel n'a plus rien qui l'arrête :
Le coup qu'on m'a prédit va tomber sur ma tête.
Il vous accablera vous-même à votre tour.

---

1. Agrippine prophétise, comme elle l'a fait en I, 1 et comme elle le fera à la scène suivante.

BURRHUS

Ah ! Madame, pour moi j'ai vécu trop d'un jour.
Plût au ciel que sa main, heureusement cruelle,
Eût fait sur moi l'essai de sa fureur nouvelle !
Qu'il ne m'eût pas donné, par ce triste attentat,
Un gage trop certain des malheurs de l'État !
Son crime seul n'est pas ce qui me désespère ;
Sa jalousie a pu l'armer contre son frère ;
Mais s'il vous faut, Madame, expliquer ma douleur :
Néron l'a vu mourir sans changer de couleur.
Ses yeux indifférents ont déjà la constance
D'un tyran dans le crime endurci dès l'enfance.
Qu'il achève, Madame, et qu'il fasse périr
Un ministre importun qui ne le peut souffrir.
Hélas ! loin de vouloir éviter sa colère,
La plus soudaine mort me sera la plus chère.

Scène 8

AGRIPPINE, BURRHUS, ALBINE

ALBINE

Ah ! Madame ! ah ! Seigneur ! courez vers l'empereur,
Venez sauver César de sa propre fureur :
Il se voit pour jamais séparé de Junie.

AGRIPPINE

Quoi ? Junie elle-même a terminé sa vie ?

ALBINE

Pour accabler César d'un éternel ennui,
Madame, sans mourir elle est morte pour lui.
Vous savez de ces lieux comme elle s'est ravie :
Elle a feint de passer chez la triste Octavie ;
Mais bientôt elle a pris des chemins écartés,
Où mes yeux ont suivi ses pas précipités.
Des portes du palais elle sort éperdue.
D'abord elle a d'Auguste aperçu la statue,
Et mouillant de ses pleurs le marbre de ses pieds,

Que de ses bras pressants elle tenait liés :
« Prince, par ces genoux, dit-elle, que j'embrasse,
« Protège en ce moment le reste de ta race.
« Rome, dans ton palais, vient de voir immoler
« Le seul de tes neveux qui te pût ressembler.
« On veut après sa mort que je lui sois parjure ;
« Mais pour lui conserver une foi toujours pure,
« Prince, je me dévoue à ces dieux immortels
« Dont ta vertu t'a fait partager les autels[1]. »
Le peuple cependant, que ce spectacle étonne,
Vole de toutes parts, se presse, l'environne,
S'attendrit à ses pleurs, et plaignant son ennui,
D'une commune voix la prend sous son appui.
Ils la mènent au temple, où depuis tant d'années
Au culte des autels nos vierges destinées
Gardent fidèlement le dépôt précieux
Du feu toujours ardent qui brûle pour nos dieux[2].
César les voit partir sans oser les distraire.
Narcisse, plus hardi, s'empresse pour lui plaire :
Il vole vers Junie, et sans s'épouvanter,
D'une profane main commence à l'arrêter.
De mille coups mortels, son audace est punie ;
Son infidèle sang rejaillit sur Junie.
César, de tant d'objets en même temps frappé,
Le laisse entre les mains qui l'ont enveloppé.
Il rentre. Chacun fuit son silence farouche.
Le seul nom de Junie échappe de sa bouche.
Il marche sans dessein, ses yeux mal assurés
N'osent lever au ciel leurs regards égarés,
Et l'on craint, si la nuit jointe à la solitude
Vient de son désespoir aigrir l'inquiétude,
Si vous l'abandonnez plus longtemps sans secours,
Que sa douleur bientôt n'attente sur ses jours.
Le temps presse : courez. Il ne faut qu'un caprice ;
Il se perdrait, Madame[3].

---

1. Évocation de l'apothéose d'Auguste.
2. Il s'agit des vestales, déjà évoquées en III, 8.
3. Souvenir des fureurs d'Hérode dans la *Mariane* de Tristan L'Hermite.

AGRIPPINE

Il se ferait justice.
Mais, Burrhus, allons voir jusqu'où vont ses transports.
Voyons quel changement produiront ses remords,
S'il voudra désormais suivre d'autres maximes.

BURRHUS

Plût aux dieux que ce fût le dernier de ses crimes !

CHRONOLOGIE

1632 : Naissance de Jean Racine.

1643 : Racine orphelin est recueilli par ses grands-parents maternels.

1649-1659 : Racine est élève aux Petites-Écoles de Port-Royal et au collège d'Harcourt.

1660 : *La Nymphe de la Seine à la Reine.*

1661-1663 : Séjour à Uzès sous la protection de l'oncle Sconin.

1663-1664 : De retour à Paris, Racine écrit une *Ode sur la convalescence du Roi* et *La Renommée aux Muses. La Thébaïde* est créée par Molière (20 juin 1664).

1665 : Molière crée *Alexandre,* que Racine confie très vite aux comédiens de l'Hôtel de Bourgogne.

1667 : Création d'*Andromaque,* avec la Du Parc, qui a quitté la troupe de Molière.

1669 : *Britannicus.*

1670 : *Bérénice.*

1672 : *Bajazet.* Élection de Racine à l'Académie française.

1673 : *Mithridate.*

1674 : *Iphigénie.*

1676 : Édition collective des *Œuvres.*

1677 : *Phèdre.* Mariage de Racine avec Catherine de Romanet.

1678 : Naissance de Jean-Baptiste Racine.

1685 : *Idylle sur la Paix.*

1687 : Rédaction des *Hymnes tirés du Bréviaire romain.*

1689 : Création d'*Esther.*

1691 : Création d'*Athalie.*

1692 : *Relation du siège de Namur.*

1694 : Composition des *Cantiques spirituels.*

1698 : Rédaction de l'*Abrégé de l'histoire de Port-Royal.*

1699 : Mort de Racine ; il est inhumé à Port-Royal.

BIBLIOGRAPHIE

I - Principales éditions des œuvres de Racine

RACINE, Jean, *Œuvres complètes*, éd. Raymond Picard, Paris, Gallimard, « Bibliothèque de la Pléiade », 1950 (tome I)/1952 (tome II ; rééd. 1966).

RACINE, Jean, *Théâtre*, éd. André Stegmann, Paris, GF-Flammarion, 1964 (tome I)/1965 (tome II).

RACINE, Jean, *Théâtre-poésie*, éd. Georges Forestier, Paris, Gallimard, « Bibliothèque de la Pléiade », 1999.

RACINE, Jean, *Principes de la tragédie (en marge de la Poétique d'Aristote)*, éd. Eugène Vinaver, Paris, Nizet, 1978.

II - Sur le théâtre du XVIIe siècle

BIET, Christian, *La Tragédie*, Paris, Armand Colin, 1997.

DELMAS, Christian, *La Tragédie à l'âge classique*, Paris, Seuil, 1994.

FORESTIER, Georges, *Passions tragiques et règles classiques*, Paris, PUF, 2003.

KIBÉDI-VARGA, Aron, *Les Poétiques du classicisme*, Paris, Aux Amateurs de livres, 1990.

LOUVAT, Bénédicte, *La Poétique de la tragédie classique*, Paris, SEDES, 1997.

MOREL, Jacques, *La Tragédie*, Paris, Armand Colin, 1964.

PASQUIER, Pierre, *La Mimésis dans l'esthétique théâtrale du XVIIe siècle : histoire d'une réflexion*, Paris, Klincksieck, 1995.

SCHERER, Jacques, *La Dramaturgie classique en France*, Paris, Nizet, 1950.

III - Sur Racine

Instruments de travail et bibliographies

FREEMAN, Bryant C. et BATSON, Alan, *Concordance du théâtre et des poésies de Racine*, Ithaca, Cornell University Press, 1968 (2 volumes).

GUIBERT, Albert-Jean, *Bibliographie des œuvres de Jean Racine publiées au XVIIe siècle et œuvres posthumes*, Paris, Éditions du CNRS, 1968.

GUIRAUD, Pierre et HARTLE Robert W., *Index du vocabulaire du théâtre classique : Racine*, Paris, Klincksieck, 1955-1960 (8 volumes).

PICARD, Raymond, *Nouveau Corpus racinianum*, Paris, Éditions du CNRS, 1976.

ROHOU, Jean, *Jean Racine : bilan critique*, Paris, Nathan, 1994.

Biographies

FORESTIER, Georges, *Jean Racine*, Paris, Gallimard, 2006.

LE GALL, André, *Racine*, Paris, Flammarion, 2004.

PICARD, Raymond, *La Carrière de Jean Racine*, Paris, Gallimard, 1956 (rééd. 1961).

RACINE, Louis, *Vie de Racine*, éd. François Bluche, Paris, Les Belles Lettres, 1999.

ROHOU, Jean, *Jean Racine entre sa carrière, son œuvre et son Dieu*, Paris, Fayard, 1992.

SAYER, John, *Jean Racine, Life and Legend*, New York, Peter Lang, 2006.

VIALA, Alain, *Racine : la stratégie du caméléon*, Paris, Seghers, 1990.

Collectifs et numéros de revue portant sur l'œuvre de Racine

BABY, Hélène et ÉMELINA, Jacques (dir.), *Racine et la Méditerranée : soleil et mer, Neptune et Apollon (actes du colloque)*, Nice, Publications de la faculté des lettres, arts et sciences humaines de Nice, 1999 [sur *Britannicus* : voir Delmas, Christian, « Néron, soleil noir », p. 217-226].

BARNETT, Richard L. (dir.), *Re-lectures raciniennes : nouvelles approches du discours tragique*, Paris/Seattle/Tübingen,

PFSCL (Biblio 17), 1986 [sur *Britannicus* : voir Stone, Harriet A., « Authority and authorship : Néron's Racine », p. 161-174 ; Tobin, Ronald W., « Néron et Junie : fantasme et tragédie », p. 193-209].

BOQUET, Guy (dir.), « Racine vivant 1945-1999 », in *Revue d'histoire du théâtre*, 204, 4, 1999, [sur *Britannicus* : voir Blanc, André (dir.), « *Britannicus* à la scène », p. 347-365].

CANOVA-GREEN, Marie-Claude et VIALA, Alain (dir.), *Racine et l'histoire*, Tübingen, Günter Narr (Biblio 17), 2004.

CLARKE, Jan, (dir.) « L'année Racine », *Seventeenth Century French Studies*, 22, 2000, p. 1-165.

DECLERCQ, Gilles et Rosellini, Michèle (dir.), *Jean Racine 1699-1999 (actes du colloque)*, Paris, PUF, 2003.

GUELLOUZ, Suzanne (dir.), *Racine et Rome : Britannicus, Bérénice, Mithridate*, Orléans, Paradigme, 1995 [sur *Britannicus* : voir Barnett, Richard L., « Le conflit du non-conflit : égocentrisme et disjonction multilatérale dans *Britannicus* », p. 65-86 ; Doubrovsky, Serge, « L'arrivée de Junie dans *Britannicus* : la tragédie d'une scène à l'autre », p. 87-115 ; Sweetser, Marie-Odile, « Racine rival de Corneille : “innutrition” et innovations dans *Britannicus* », p. 117-137].

LANDRY, Jean-Pierre et LEPLÂTRE, Olivier (dir.), *Présence de Racine (actes du colloque)*, Lyon, CEDIC, 1999 [sur *Britannicus* : voir Leplâtre, Olivier, « *Britannicus* ou l'aporie du regard », p. 79-94].

LOUVAT, Bénédicte et MONCOND'HUY, Dominique (dir.), « Racine poète », *La Licorne*, 50, 1999.

NIDERST, Alain (dir.), « Corneille et Racine », *Papers on French Seventeenth Century Literature*, 17, 2000.

RAHOUMI, Mohamed Raja (dir.), *Le Prince dans l'imaginaire racinien (actes du colloque)*, Tunis, Cérès éditions, 2003 [sur *Britannicus* : voir Chagraoui, Mohamed, « La raison d'État dans *Britannicus* », p. 85-90].

RONZEAUD, Pierre, DANDREY, Patrick et VIALA, Alain (dir.), « Les tragédies romaines de Racine : *Britannicus*, *Bérénice*, *Mithridate* », *Littératures classiques*, 26, 1996.

SCHRÖDER, Volker (dir.), « Présences de Racine », *Œuvres et critiques*, 24, 1, 1999 [sur *Britannicus* : voir Grangaud, Michelle, « L'interjection dans *Britannicus* », p. 23-28 ; France, Peter, « Racine, *Britannicus* », p. 248-263].

TOBIN, Ronald W. (dir.), *Racine et/ou le classicisme (actes du colloque)*, Tübingen, Gunter Narr (Biblio 17), 2001 [sur

Britannicus : voir Albanese, Ralph Jr., « *Britannicus*, une dramaturgie de l'espace », p. 125-135].

VENESOEN, Constant (dir.), *Racine : mythes et réalité (actes du colloque)*, Paris/Londres, Société d'étude du XVIIe siècle/ Université de Western Ontario, 1976 [sur *Britannicus* : voir Gutwirth, Marcel, « *Britannicus*, tragédie de qui ? », p. 53-69].

Études sur l'œuvre de Racine

AUCHINCLOSS, Louis, *La Gloire : the Roman Empire of Corneille and Racine*, Columbia, South Carolina University Press, 1996.

BACKÈS, Jean-Louis, *Racine*, Paris, Seuil, 1981.

BARTHES, Roland, *Sur Racine*, Paris, Seuil, 1963.

BATTESTI, Jean-Pierre et CHAUVET, Jean-Charles, *Tout Racine*, Paris, Larousse, 1999.

BIET, Christian, *Racine*, Paris, Hachette, 1996.

BLANC, André, *Racine, trois siècles de théâtre*, Paris, Fayard, 2003.

BONZON, Alfred, *Racine et Heidegger*, Paris, Nizet, 1995.

BUTLER, Philip, *Classicisme et baroque dans l'œuvre de Racine*, Paris, Nizet, 1959.

CAMPBELL, John, *Questioning racinian Tragedy*, Chapel Hill, University of North Carolina, 2005.

DECLERCQ, Gilles, « Une voix doxale : l'opinion publique dans les tragédies de Racine », *XVIIe siècle*, 46, 1994, p. 105-120.

–, *Racine, une rhétorique des passions*, Paris, PUF, 1999.

DESCOTES, Maurice, *Les Grands Rôles du théâtre de Racine*, Paris, PUF, 1957.

DUBU, Jean, *Racine aux miroirs*, Paris, SEDES, 1992.

ÉMELINA, Jean, *Racine infiniment*, Paris, SEDES, 1999.

FRANCE, Peter, *Racine's Rhetoric*, Oxford, Clarendon Press, 1965.

GARRETTE, Robert, *La Phrase de Racine : étude stylistique et stylométrique*, Toulouse, Presses universitaires du Mirail, 1995.

GOLDMANN, Lucien, *Le Dieu caché : étude sur la vision tragique dans les Pensées de Pascal et dans le théâtre de Racine*, Paris, Gallimard, 1956.

HAWCROFT, Michael, *Word as Action : Racine, Rhetoric and Theatrical Language*, Oxford, Clarendon Press, 1992.

KOSTER, Serge, *Racine, une passion française*, Paris, PUF, 1998.

MAURON, *L'Inconscient dans l'œuvre et la vie de Jean Racine*, Gap, Ophrys, 1957 (rééd. Paris/Genève, Honoré Champion/ Slatkine, 1986).

MAY, Georges, *Tragédie cornélienne, tragédie racinienne : étude sur les sources de l'intérêt dramatique*, Urbana, The University of Illinois Press, 1948.

MOREL, Jacques, *Racine*, Paris, Bordas, 1992.

MOURGUES, Odette DE, *Autonomie de Racine*, Paris, José Corti, 1967.

NIDERST, Alain, *Les Tragédies de Racine : diversité et unité*, Paris, Nizet, 1975.

–, « Les rois et les tyrans de Racine », *Vives Lettres*, 4, 1997, p. 131-147.

POMMIER, Jean, *Aspects de Racine*, Paris, Nizet, 1954.

POMMIER, René, *Le Sur Racine de Roland Barthes*, Paris, SEDES, 1988.

POULET, Georges, *Études sur le temps humain*, tome I, Paris, Plon, 1949 (rééd. 1989), p. 148-165 ; tome IV, Paris, Plon, 1968 (rééd. 1990), p. 55-78.

REILLY, Mary, *Racine, Language, Violence and Power*, New York, Peter Lang, 2005.

REVAZ, Gilles, *La Représentation de la monarchie absolue dans le théâtre racinien : analyses sociodiscursives*, Paris, Éditions Kimé, 1998.

ROHOU, Jean, *L'Évolution du tragique racinien*, Paris, SEDES, 1991.

–, *Avez-vous lu Racine ? Mise au point polémique*, Paris, L'Harmattan, 2000.

ROUBINE, Jean-Jacques, *Lectures de Racine*, Paris, Armand Colin, 1971.

SCHERER, Jacques, *Racine et/ou la cérémonie*, Paris, PUF, 1982.

SPENCER, Catherine, *La Tragédie du prince : étude du personnage médiateur dans le théâtre tragique de Racine*, Paris/ Seattle/Tübingen, PFSCL (Biblio 17), 1987.

SPITZER, Leo, « L'effet de sourdine dans le style classique : Racine » (1931), in *Études de style*, trad. Alain Coulon, Paris, Gallimard, 1970, p. 208-335.

STAROBINSKI, Jean, « Racine et la poétique du regard », in *L'Œil vivant*, Paris, Gallimard, 1961 (rééd. 1999), p. 73-92.

SZUSZKIN, Marc, *L'Espace tragique dans le théâtre de Racine*, Paris, L'Harmattan, 2005.

TOBIN, Ronald W., *Racine and Seneca*, Chapell Hill, University of North Carolina Press, 1971.

–, *Jean Racine revisited*, Boston, Twayne, 1999.

VAN DER HOEDEN, Jean, *Jean Racine ou le Droit de vivre*, Paris, Éditions du Cerf, 2002.

VINAVER, Eugène, *Racine et la poésie tragique*, Paris, Nizet, 1951.

ZIMMERMANN, Éléonore, *La Liberté et le destin dans le théâtre de Racine*, Saratoga, Anma Libri, 1982 (rééd. Paris, Honoré Champion, 1999).

IV- OUVRAGES ET ARTICLES PORTANT SPÉCIFIQUEMENT SUR *BRITANNICUS*

ALBANESE, Ralph Jr., « Silence et parole dans *Britannicus* », *Australian Journal of French Studies*, 38, 2001, p. 179-189.

ALVIN, Jean-Louis, « La scène supprimée de *Britannicus* », in Jean Dubu, *Jeunesse de Racine*, La Ferté-Milon, Minard, 1968, p. 43-54.

BARNY, Roger, « Racine, *Britannicus*, acte II, scène 3 », in *Études textuelles*, tome V, Paris, Les Belles Lettres, 1995, p. 9-39.

BLANC, Emmanuelle, « *Britannicus*, acte II, scène 6 : une tragédie en miniature », *L'Information littéraire*, 60, 3, 2008, p. 39-43.

BROSSMANN, Regine, « *Britannicus* oder die Krise des klassischen Tragödie », *Germanisch-romanische Monatsschrift*, 53, 2003, p. 387-398.

CAMPBELL, John, *Racine, Britannicus*, Londres, Grant and Cutler, 1990.

COUTON, Georges, « *Britannicus*, tragédie des cabales », in *Mélanges d'histoire littéraire offerts à Raymond Lebègue*, Paris, Nizet, 1969, p. 269-277.

DOUBROVSKY, Serge, « L'arrivée de Junie dans *Britannicus* : la tragédie d'une scène à l'autre », *Littératures*, 32, 1978, p 27-54 [repris dans Doubrovsky, Serge, *Parcours critique*, Paris, Galilée, 1980].

GANIM, Russell, « Views of kingship : *Britannicus* and Louis XIV's *Mémoires* », in Erec R. Koch (dir.), *Classical Unities : Place, Time, Action*, Tübingen, Günter Narr (Biblio 17), 2002, p. 315-324.

GARAGNON, Anne-Marie et CALAS, Frédéric, « Esquisse de lecture syntaxique de *Britannicus* et *Bérénice* », *L'Information grammaticale*, 68, 1996, p. 16-24.

GOSSIP, Christopher, « Retouches raciniennes : interventions supprimées dans *Andromaque*, *Britannicus* et *Bérénice* », *Papers on French Seventeenth Century Literature*, 33, 2006, p. 499-509.

GRISÉ, Catherine M., « Fausses espérances dans *Britannicus* », *Cahiers du dix-septième*, 7, 2, 1997, p. 159-16.

HEPP, Noémi, « *Britannicus*, *Bérénice*, *Mithridate* : trois visions de Rome », *Op. cit.* 5, 1995, p. 95-101.

HEYNDELS, Ingrid, « Le non-dit dans *Britannicus* de Jean Racine », *Revue des langues vivantes* 43, 1977, p. 160-171.

JAOUËN, Françoise, « *Britannicus* ou l'éloge de la cruauté », *Op. cit.*, 5, 1995, p. 103-110.

KERBRAT, Marie-Claire, « Le pouvoir, illusion tragique : *Britannicus* », in Kerbrat, Marie-Claire, Le Gall, Danielle et Leliepvre-Botton, Sylvie, *Figures du pouvoir*, Paris, PUF, 1994, p. 81-156.

LAFFOND, Aurore, « *Britannicus*, ou la fosse aux serpents », *L'Information littéraire*, 47, 5, 1995, p. 3-6.

MALACHY, Thérèse, « Y a-t-il un statisme racinien ? Une lecture de *Britannicus* », *La Licorne hors-série/colloques*, 1, 1995, p. 79-83.

MAZOUER, Charles, « Le visage et la présence dans *Britannicus*, *Bérénice* et *Mithridate* », *Littératures*, 33, 1995, p. 17-31.

POMMIER, René, *Études sur Britannicus*, Paris, SEDES, 1995.

RACEVSKIS, Roland, « Time, space and power : a foucaultian reading of *Britannicus* », *Romance Notes*, 40, 1999/2000, p. 279-285.

ROHOU, Jean, « Étude d'un personnage racinien : les complaisances du vertueux Burrhus », *L'Information littéraire*, 26, 1974, p. 41-47.

RONZEAUD, Pierre (dir.), *Racine/Britannicus*, Paris, Klincksieck, 1995.

SCHRÖDER, Volker, « Junie, Auguste et le feu de Vesta : étude intertextuelle du dénouement de *Britannicus* », *Papers on French Seventeenth Century Literature*, 23, 1996, p. 575-598.

–, *La Tragédie du sang d'Auguste : politique et intertextualité dans Britannicus*, Tübingen, Günter Narr, 1999.

–, « Politique du couple : amour réciproque et légitimité dynastique dans *Britannicus* », in Giovanni Dotoli (dir.), *Politique et littérature en France aux XVIe et XVIIe siècles*, Bari/Paris, Adriatica/Nizet, 1997, p. 477-507.

SERROY, Jean, « De *L'École des femmes* à *Britannicus* », *Littératures classiques*, 27, 1996, p. 53-65.

SOARE, Antoine, « Néron et Narcisse ou le mauvais conseiller », *Seventeenth Century French Studies*, 18, 1996, p. 145-157.

SWEETSER, Marie-Odile, « Racine rival de Corneille : "innutrition" et innovation dans *Britannicus* », *Romanic Review*, 66, 1975, p. 13-31.

TANS, J., « Un thème clé racinien : la rencontre nocturne », *Revue d'histoire littéraire de la France*, 65, 1965, p. 577-589.

VAN DELFT, Louis, « Language and power : eyes and word in *Britannicus* », *Yale French Studies*, 45, 1970, p. 102-112.

VENESOEN, Constant, « Le dénouement de *Britannicus* : le sens du récit d'Albine », *Papers on French Seventeenth Century Literature*, 21, 40, 1994, p. 113-120.

VIOLATO, Gabriella, « *Britannicus* e la paura », *Micromégas*, 25, 1998, p. 77-88.

ZIMMERMANN, Éléonore M., « La lumière et la voix : étude sur l'unité de *Britannicus* », *Revue des sciences humaines*, 33, 1968, p. 169-183.

TABLE

BRITANNICUS

Composition et mise en pages

NORD COMPO
multimédia

N° d'édition : L.01EHPN000784.N001
Dépôt légal : juin 2016
Imprimé en Espagne par Novoprint (Barcelone)